丝路文旅

——2017丝绸之路品牌万里行纪实与思考

李 刚 著

西北工业大学出版社
西 安

图书在版编目（CIP）数据

丝路文旅：2017丝绸之路品牌万里行纪实与思考 / 李刚著. —西安：西北工业大学出版社，2020.3
ISBN 978-7-5612-7025-7

Ⅰ. ①丝… Ⅱ. ①李… Ⅲ. ①纪实文学－作品集－中国－当代 ②诗集－中国－当代 Ⅳ. ①I217.2

中国版本图书馆CIP数据核字（2020）第049147号

Silu Wenlü—2017Sichouzhilu Pinpai Wanlixing Jishi Yu Sikao
丝路文旅 ——2017丝绸之路品牌万里行纪实与思考

责任编辑：刘宇龙	**策划编辑**：杨　军
责任校对：李文乾	**装帧设计**：李　飞

出版发行：西北工业大学出版社
通信地址：西安市友谊西路127号　　　邮编：710072
电　　话：（029）88491757，88493844
网　　址：www.nwpup.com
印 刷 者：西安浩轩印务有限公司
开　　本：710 mm×1 000 mm　　　1/16
印　　张：15.5
字　　数：231千字
版　　次：2020年3月第1版　　　2020年3月第1次印刷
定　　价：68.00元

如有印装问题请与出版社联系调换

前言

在中国进入建设中国特色社会主义新时代的历史条件下，建设丝绸之路经济带，就成为实现中华民族复兴伟大梦想的伟大事业重要的组成部分。建设丝绸之路经济带，使中国进一步推进对外开放，真正地走向世界，重返世界舞台的中央位置。

为了推进这一伟大的建设，使中国人民更真切地了解丝绸之路及其沿线国家和地区的实际情况，也为了更好地向丝路沿线国家和人民宣传中国的优秀品牌产品和优秀文化，陕西卫视联合甘肃、青海、宁夏、新疆、广西、福建等六家媒体，以丝绸之路国际卫视联盟的名义，共同组织和执行了2017丝绸之路品牌万里行全媒体采访活动。我们开着16辆国产的比亚迪（BYD）牌汽车，组成浩浩荡荡的采访车队，携带着陕西著名品牌产品西凤酒、汉中仙毫茶叶等，驱车一万七千余千米，历时50天，从陕西西安出发，历经甘肃的天水、兰州、金昌、张掖、嘉峪关、敦煌、阳关，新疆的哈密、乌鲁木齐，从霍尔果斯口岸出国，穿越哈萨克斯坦、俄罗斯、爱沙尼亚、拉脱维亚、立陶宛、波兰、捷克、奥地利、斯洛伐克、克罗地亚、斯洛文尼亚、塞尔维亚、马其顿、保加利亚、罗马尼亚、匈牙利等中东欧十六个国家，车轮滚滚，晓行夜宿，万里跋涉，栉风沐雨，最终到达匈牙利首都布达佩斯，完成了当代新闻采访史上的又一个壮举。

由于这次丝绸之路全媒体采访活动是在中国进入建设中国特色社会主义新时代条件下进行的，采访活动就有了新的时代意义。通过对丝路沿线中东欧十六个国家的密集采访，向世界证明了"中华民族迎来了从站起来、富起来到强起来的伟大飞跃"；向世界证明了"科学社会主义在二十一世纪的中国焕发出强大生机活力，在世界上高高举起了中国特色社会主义伟大旗帜"；向世界证明了"中国特色社会主义道路、理论、制度、文化不断发展，拓展了发展中国家走向现代化的途径，给世界上那些既希望加快发展又希望保持自身独立性的国家和民族提供了全新选择，为解决人类问题贡献了中国智慧和中国方案。"所以，采访团所到之处，皆受到当地人民的欢迎和肯定。同时，通过沿途推介中国的著名品牌产品，也让丝路沿线国家和人民更真实地了解中国发展和中国文化，向世界进一步表明我们建设丝绸之路经济带的坚定意志和坚强决心。

在这个伟大的新时代，我耄耋之年有幸能够参与建设丝绸之路经济带的伟大事业和伟大实践，曾经两次参与丝绸之路品牌万里行活动和米兰世博会"中国文化种子论坛"活动，亲身经历了丝绸之路的艰辛，亲身感受了丝绸之路沿线国家的风土人情，亲身体验了建设丝绸之路经济带的不易，也进一步推进了我对丝绸之路的研究工作。2015年，我随"中国文化种子论坛"考察团，前往意大利的米兰世博会，考察了意大利的罗马、米兰、佛罗伦萨、威尼斯等著名城市，回国后出版了我的第一部关于丝绸之路的研究著作《丝路的帝国情感——长安与罗马的巅峰比对》（西安交通大学出版社2015年出版），该书受到了普遍的好评。2016年，我参加了2016丝绸之路品牌万里行新闻采访活动，沿着当年玄奘取经的丝路南线，考察了土库曼斯坦、吉尔吉斯斯坦、乌兹别克斯坦、阿塞拜疆、伊朗、印度等六个国家。那次我主要是从陕西商帮与丝绸之路的关系入手，去寻找当年陕西商人在丝绸之路上的历史足迹，讲述陕西商人在丝绸之路上的动人故事和伟大业绩。归国后整理、撰写，并出版了《丝路商旅》（江西教育出版社2016年版）一书，这是一部从全新角度研究丝绸之路的体验性著作。今年又参加了2017丝绸之路品牌万里行活动，我调整研究视角，试图从更广阔的经济文化、社会生活、风土人情、自然景色等方面，全景式地表现中东欧十六国的实际面貌。回国后将其整理、撰写了这本《丝路文旅》。之所以将其命名为"丝路文旅"，主要是想让它与我2016年出版的《丝路商旅》相配套，以表现我的丝路研究工作的延续性和学术成果的连续性。

  本书由三个部分组成。第一部分"纪实篇"，主要是从实际体验的角度，用写实的手法，真实记述此次考察中东欧十六国的基本情况和实地情形，使读者从感性上对中东欧十六国的真实情况，有一个真实的整体性的了解。第二部分"思考篇"，是我对此次考察中东欧十六国活动的理论分析，提出了自己对中东欧十六国以及其对丝绸之路经济带建设作用认识上的一些思考观点，使读者对中东欧十六国以及丝绸之路经济带有更为理性的认识，以便更好地推进丝绸之路经济带建设。第三部分"诗词篇"，主要收集了我此次考察中东欧各国沿途咏叹的诗歌，想从更文化更形象的角度，表现此次采访活动的各个方面以及我的感受和心路变化。这就体现着一个从感性到理性，再从理性下沉到新的感性的思想发展的逻辑过程，使读者能够认识到本书内容的真实性和体验性。

  在我有生之年，能够有机会建设中国特色社会主义新时代，能够亲身参与建设丝绸之路经济带的伟大事业是我人生的幸运。一个人的命运在很大程度上要受到时代条件的制约。人的命运从社会意义上说是由时代决定的，有什么样的时代，就会有什么样的人生。我庆幸自己的命运能够伴随中国建设社会主义新时代，能够伴随建设丝绸之路经济带的伟大事业。一生能够碰到这样好的时代，参与这样伟大的事业，我已经知足了。唯愿用自己的学术成果和学术著作回报这个伟大的时代，丰富我们的伟大事业。

由于才学浅陋，书中难免有不足之处。敬请读者在阅读中能够提出宝贵的意见，以促使我们不断提高学术业务水平和思想认知程度。

李　刚

2017年11月于西北大学五车斋

目录

纪实篇

西向求富 砥砺前行 \ 002

秦州·秦人·秦商 \ 007

皋兰金城 万家灯火 \ 012

镍海鲜花正盛开 \ 016

永久的焉支山 \ 020

和平阳光下的嘉峪关 \ 024

如果没有王圆箓,莫高窟经卷的命运会如何? \ 028

西出阳关有故人 \ 032

一个闻其名就会感知甜蜜的城市 \ 036

吐鲁番的葡萄熟了 \ 040

一个陕西商人与丝绸之路的约会 \ 044

霍尔果斯的白杨树 \ 049

阿拉木图的苹果熟了 \ 053

丝路上抹不去的乡愁 \ 057

静静的巴尔喀什湖 \ 059

阿斯塔纳随想曲 \ 062

丝绸之路上,你会有多少感慨 \ 065

俄罗斯的白桦林 \ 069
"一根筋"的俄罗斯人 \ 073
奋飞吧，海燕！ \ 076
掀起俄罗斯的盖头来 \ 080
雕栏玉砌应犹在，只是朱颜改 \ 085
丝路"通关"历险记 \ 088
波罗的海的塔林 \ 091
里加电车的辫子粗又长 \ 094
立陶宛，乐淘淘 \ 097
丝绸之路乃绿色之路 \ 100
在肖邦故乡给小孙子写的一封信 \ 104
奥斯维辛集中营天空中的哭声 \ 108
布拉格之秋 \ 111
邂逅维也纳 \ 114
那人、那水、那山 \ 117
萨格勒布印象记 \ 120
用和平保卫萨拉热窝 \ 124
贝尔格莱德的多瑙河 \ 127
马其顿的光荣与梦想 \ 131
初识索菲亚 \ 135
金色的锡比乌 \ 138
死去的国王与活着的省长 \ 141
遍地英雄下夕烟 \ 145

思考篇

富强了，我的国 \ 150
中国进入新时代佐证录 \ 155
洒向人间都是货 \ 161

现代化的"快节奏"与前现代化的"慢生活" \ 166

小国寡民与大国红利 \ 171

绿色河山与经济困顿 \ 176

丝路上中亚西亚与中东欧国家的比较 \ 180

关于陕西建设丝绸之路经济带发力方向的思考 \ 184

诗词篇

大唐芙蓉园放歌 \ 192

夜宿麦积山 \ 193

麦积山遇雨 \ 194

过兰州 \ 195

镍园花海 \ 196

过焉支山有感 \ 197

嘉峪关感怀 \ 198

敦煌观《敦煌往事》有感 \ 199

车过阳关 \ 200

哈密观《木卡姆》有感 \ 201

乌鲁木齐遇故交 \ 202

夜宿霍尔果斯口岸有感 \ 203

颂中哈友谊苹果园 \ 204

吸烟叹 \ 205

巴尔喀什湖感怀 \ 206

过阿斯塔纳 \ 207

科斯塔奈感怀 \ 208

过车里雅宾斯克市 \ 209

观"滴血教堂"感怀 \ 210

过彼尔姆市 \ 211

喀山叹 \ 212

悲叹高尔基 \ 213

红场泪 \ 214

汉服卖酒 \ 215

过圣彼得堡 \ 216

塔林感怀 \ 217

里加感怀 \ 218

立陶宛、乐淘淘 \ 219

华沙感怀 \ 220

肖邦咏叹调 \ 221

奥斯维辛集中营感怀 \ 222

波兰思亲感怀 \ 223

车到布拉格 \ 224

布拉格郊外遇秋雨有感 \ 225

观布拉迪斯拉发古城有感 \ 226

卢布尔雅那遇中秋感怀 \ 227

萨格勒布咏叹 \ 228

塞尔维亚途中遇雪咏叹 \ 229

贝尔格莱德咏叹 \ 230

车过索菲亚 \ 231

布加勒斯特遇乡党 \ 232

锡比乌咏叹 \ 233

观科尔文古堡有感 \ 234

记收官 \ 235

布达佩斯夜静思 \ 236

后　记 \ 237

○ 纪实篇

西向求富 砥砺前行

——写在2017丝绸之路品牌万里行发车之际

一年一度秋风爽，丝路万里又起航。2017丝绸之路品牌万里行活动，迎着初秋爽朗的阳光，在大唐芙蓉园浸满盛唐气象的氛围里，又一次鸣锣启航。

出发点选择在大唐芙蓉园，也许蕴含着深厚的历史启迪和现实张力。

从历史启迪讲，此次丝路万里行活动是对中华民族历史上"西向求富"运动的不忘初心和砥砺前行。自从公元前226年，秦商乌氏倮发现丝路贸易并被秦始皇推动为国家行为以来，我们民族就发现了一个与西域各国通过交换来获取财富的金矿。从那时候起，便开始了"西向求富"的历史征程。那时罗马帝国的少女和贵妇对中国丝绸近乎疯狂的追求，迫使罗马军团的男人们一次次出征，向全世界掠取黄金，以便从盘踞在丝绸之路上作为贸易中介的波斯商人手中，换取被他们称之为"东方绚丽彩霞"的中国丝绸。从此，中国丝绸流向西域、罗马，而西域、罗马的黄金流向中国。那时的中国丝绸，在罗马被视为"第一奢侈品"，价格贵得吓人，保持着"每磅（丝绸）约12两黄金"的优势价格，一种名为"缣"的中国丝绸织物，国内时价是400到600文钱一匹，但在罗马市场上却卖到一两黄金一两缣的价格。2015年我们到罗马考察，佛罗伦萨广场小贩贩卖的丝绸围巾，依然保持着"一条丝巾1 000欧元"（约等于7 000元人民币）的坚挺价格。中国西向罗马的丝绸贸易，使罗马大量的黄金流向中国。据罗马史学家普林尼统计：西汉时，罗马帝国每年至少有一万万赛斯脱奇(sesterce，古罗马计量单位)的黄金流入中国，这个数字是惊人的，折合成现在的计量单位超过5吨。国际贸易的巨额顺差，极大增强了中国的经济实力，使中国从秦汉以来的漫长岁月里，始终是当时世界最大的经济体，保持着西方世界望尘莫及的发展速度。"西向求富"运动给中国带来了一片光明。

改革开放以来，中国经济的高速发展，中国的造富运动，无论从人数上，还是财富总量上，均达到了历史上任何朝代都无法企及的高度。短短30多年，我们把一个前现代化贫穷的中国变成一个后现代化富裕的中国。这无疑是一场财富革命。用数据来说话，从1979年到2009年，中国GDP增长了将近100倍，人民币总量增加了700多倍。1979年，占中国人口80%以上的农民人均存款不足10元，安徽凤阳每个农民平均存款只有0.5元；2009年，中国成为全球储蓄最高的国家，人均存款超万元，而北京人均存款将近10万。1978年，中国千人汽车拥有量名列世界倒数第一；1985年中国汽车保有量不足2万辆，2017年汽车总数超过2亿辆，中国的汽车数量在30年里增长了10 000倍，已取代美国成为全球最大的汽车市场。望着泉水般涌流的财富，我们惊叹厚重的黄土地竟能够蕴藏如此巨大的能力。

进入21世纪后，党中央提出建设丝绸之路经济带的倡议，更将历史上的"西向求富"运动推向了一个新的高潮，为中国和丝路沿线国家提供了求取财富极大的发展机遇。国家主席习近平在博鳌亚洲论坛2015年年会上就列举了几个"抢眼"的数据：未来5年，中国进口商品将超过10万亿美元，对外投资将超过5 000亿美元，出境旅游人数将超过5亿人次。事实确实如此。根据"2016年一带一路高峰论坛"提供的《建设清单》，自中国提出"一带一路"倡议以来，在丝路沿线国家共获得了1 676项大的建设项目，总投资为6万亿美元，其中大部分是铁路建设项目。据测算，1亿元的高铁投入，就可以带动0.3亿元金属冶金、0.7亿元铁路基建、0.3亿元装备制造业、0.2亿元机械工业产值。2016、2017年，中国高铁投入都在8 000亿元以上，对消化产能、拉动经济的作用巨大。同时，根据国内各地公布的"一带一路"拟建、在建基础设施投资，已达到1.04万亿元，主要分布在西部地区。其中，铁路投资近5 000亿元，公路投资1 235亿元，机场建设投资1 167亿元，港口水利投资超过1 700亿元。这些基础设施投资，预计会拉动GDP增速0.2至0.3个百分点。完全可以预料这场新的"西向求富"运动，将会在中国掀起新一轮的财富革命，呈现出"无边落木萧萧下，不尽财富滚滚来"的悸动人心的画卷。

　　从现实张力讲，它使世界"共享发展""抱团致富"运动纵深发展和不断成熟。建设丝绸之路经济带是一个不断延伸和扩展的过程。自从中国提出"一带一路"倡议，向世界贡献了"中国智慧"和"中国主张"以后，就得到了丝路沿线60多个国家和地区的响应和拥护，各国积极参与建设丝绸之路经济带的愿望日益高涨，通过建设丝绸之路经济带共享经济发展成果的呼声越来越高，一个世界共享中国建设丝绸之路经济带发展机遇、共同抱团发展、共同致富的新时代正在到来。事实上，两千多年的丝绸之路就是不断向纵深发展的过程。它是从东亚腹地向东北亚、东南亚、南亚、西南亚、西亚、东欧、地中海、东非、伊比利亚半岛、阿姆斯特丹不断延伸形成的一个贸易网络，范围涵盖沿线64个国家，其中亚洲43国，中东欧16国，独联体4国，非洲1国。仅中亚就包括哈萨克斯坦、土库曼斯坦、吉尔吉斯斯坦、乌兹别克斯坦、塔吉克斯坦、阿富汗等10国；西亚包括伊朗、伊拉克、格鲁吉亚、亚美尼亚、阿塞拜疆、土耳其、叙利亚、约旦、以色列、巴基斯坦、沙特阿拉伯、巴林、卡塔尔、也门、阿曼、阿拉伯联合酋长国、科威特、黎巴嫩等18

国；中东欧包括阿尔巴尼亚、波斯尼亚和黑塞哥维那、保加利亚、克罗地亚、捷克、爱沙尼亚、匈牙利、拉脱维亚、立陶宛、马其顿、黑山、罗马尼亚、波兰、塞尔维亚、斯洛伐克、斯洛文尼亚等16国。这个涵盖了欧、亚、非旧世界和北美新世界的国际贸易网络，使东方和西方两个世界的物质文明和精神文明在这里输送、流转，互通有无，取长补短。目标是物畅其流，政通人和，互利互惠，共同发展，建立起有益于人类大同的"利益共同体""命运共同体"和"责任共同体"。

中国的"西向求富"与世界的"共享发展"两大运动相互补充，互相激荡，汇成滚滚的财富洪流，牵引着世界经济走出2008年经济危机以来的低迷状态，建立起21世纪在全球化框架下形成的国际贸易新格局和世界经济新秩序。

这真是"丝绸之路越走越有劲"，"丝绸之路越走越宽广"。2014年由陕西卫视策划的"丝绸之路万里行"活动，沿古丝绸之路中线向西，穿行中国、哈萨克斯坦、乌兹别克斯坦、俄罗斯、土耳其、希腊、意大利等7个国家，行程15 000千米，经过54天的征途，最终抵达丝绸之路终点——意大利首都罗马，为"一带一路"建设夯实广泛的民意基础和文化基础。2016年由西部卫视联盟发起的"丝绸之路品牌万里行"活动，沿玄奘当年取经的丝路南线，行走中国、土库曼斯坦、吉尔吉斯斯坦、哈萨克斯坦、阿塞拜疆、伊朗、巴基斯坦和印度等8个国家，行程18 000千米，历时两个月，最终到达印度的加尔各答，向丝绸之路沿线国家和人民宣传了建设丝绸之路经济带的"中国主张"，带去了中国产品和中国祝福。2017年由国际卫视联盟策划的"丝绸之路品牌万里行"又一次起航了。这次活动将横穿哈萨克斯坦、俄罗斯，穿越波兰、捷克、立陶宛、塞尔维亚、波黑等中东欧16个国家，用全新的视角记录丝绸之路沿线国家经济、社会发展的时代强音，在更广阔的时空范围内，宣传中国建设丝路经济带的智慧和主张，传播"丝路精神"。三年以来，"丝绸之路万里行"活动，从发起者陕西卫视到西部卫视联盟，再到国际卫视联盟，这本身就证明了丝绸之路的不断延展性；活动的行程从中亚到西亚,再到中东欧,这本身也证明了丝绸之路的不断纵深性。这些使我们满怀自信、意气风发地走在丝绸之路上。

汽车已经轰鸣,号角已经吹响。坐在2017丝绸之路品牌万里行"比亚迪"纯正国货的坐骑上,带着对丝路的祝愿、带着对丝路沿线国家幸福的祈祷,我的心已经飞向了天山、飞向了巴尔喀什湖、飞向了蓝色的多瑙河……此去丝路万千里,宏图大展云路遥!

纪 / 实 / 篇

秦州·秦人·秦商

——2017丝绸之路品牌万里行纪实之二

2017丝绸之路品牌万里行车队，离开大唐长安的丝路起点，经过"丝绸之路"第一桥——咸阳桥，风驰电掣般地向着"丝绸之路第一门"的甘肃天水绝尘而去。

天水为古秦州，从秦汉时代起，丝绸之路就形成了通过长安京兆尹—凤翔—千阳—陇县—天水（秦州）—陇西—渭源—临洮—临夏—民和—乐都—西宁—大通—张掖—酒泉—敦煌—阳关—若羌—且末—于田—和田—皮山—叶城—莎车—塔什库尔干—帕米尔（葱岭）—西域的南线线路*，2017丝绸之路品牌万里行车队正是严格按照当年古老的丝绸之路，拉开了万里行程的序幕。

古丝绸之路在甘肃境内长达1 600千米，而天水无疑是第一重镇，是

---

* 范少言，王晓燕、李建超，等. 丝绸之路沿线城镇的兴衰. 北京：中国建筑工业出版社，2010.

"丝绸之路"西去东返的必经之地。曾有"驰命走驿,不绝于明月,商胡贩客,日款于塞下"之盛。它地处陕甘交通要冲,渭陇坻道、陈仓道、陇南故道、秦州至静宁驿道、秦州至徽县驿道、秦州至三岔驿道、秦州至礼县驿道,这些古道在这里汇聚交错,构成南来北往的交通枢纽。

秦州又是关陕重镇,清人顾祖禹在《读史方舆纪要》中说:"州当关、陇之会,介雍、凉之间","关中天下之上游,陇右关中之上游,而秦州其关陇之喉舌欤",战略地位非常重要。天水在夏、商时期属雍州,秦时为陇西郡,西汉武帝元鼎三年(前114年)置天水郡,《水经注·渭水》中记述,"上邽县,旧天水郡治,五城相接。北城中有湖水,有白龙出是湖,风雨随之,故汉武帝元鼎三年改为天水郡。"从此有"天水"的名称。西晋武帝泰始五年(269年)正式设立秦州,直至明代。清雍正七年(1729年),秦州升为直隶州。民国二年(1913年)巩秦阶道改称陇南道,撤秦州设天水县至今。秦州自古为兵家争夺之地,为关陕锁匙,顾祖禹《读史方舆纪要》卷五十九中说:"盖关中要会,常在秦州。争秦州,则自陇以东皆震矣。晋元康以后,关中多事,秦州每为棋劫之势。唐初,薛举据秦州,与唐争关中。举不速亡,则三辅未必能一日无事也。大历以后,秦州没于吐蕃,雍岐之境,烽火相接矣。李茂贞兼有秦州,关中诸镇,岐为最强。其后蜀人得此,数争岐陇。周世宗克秦州,而孟蜀之亡兆已见于此矣。宋人南渡以后,以梁、益为东南上游,拮据蜀口,尝在秦陇间。"

秦州又是秦人故里。秦人始基于此。周孝王十二年(前898年)嬴非子在秦池(今张家川县城南一带)为王室养马有功被封于秦,号嬴秦。秦即后世的秦亭,是秦人的祖宗发祥之地。有人写诗咏叹古时的秦州是:

> 大道西来万岭横,
> 秦亭何处但荒荆。
> 汧西考牧方分土,
> 陇右山川尽姓嬴。

秦州是秦人之根，关中乃秦人之基，并因此而成为中华民族的文化表征符号。历史上的秦国，从商鞅变法中强势崛起后，以雷霆霹雳之势，纵横捭阖，横扫六合，铸造了华夏一统的万世基业。秦始皇成为"千古一帝"，大秦帝国的威名远播，可谓

乘坐中国品牌BYD汽车出发

"使天下皆畏秦"。特别是由东向西，沿着亚欧大陆，丝绸之路，秦之强、秦之威不胫而走，西方世界诸国皆谓东方大国为"秦"。"秦"（chin）是中华、中国在西方世界固化了的文字符号，也是中华、中国永久的国际代名词。也就是说，在西方话语体系中，中华、中国（China）即是秦（chin），秦（chin）即是中华、中国（china）。清代外交家薛福成在《出使四国日记》中写道：英语称"中国"为"采依那"，法语为"细纳"，意大利语为"期纳"，德语为"赫依纳"，拉丁语为"西奈"。这些叫法及其意义，都是"秦（chin）"的不同音译。

美国学者马立博在其所著《中国环境史：从史前到现代》中也指出："秦汉时期对于中国历史来说如此重要，英文中'China'即来源于秦（发音chin）。"这一观点，也可以由我们2016丝绸之路品牌万里行的实地感受而相互印证。2016年，我们到阿塞拜疆，当我们说我们是"China"，人们常常会一愣神，表现出没有听懂的意思，反之当我们说我们是"qin"（秦）时，他们常常会做出兴奋的反应。这说明，在十五世纪以前，"秦"就是中国，中国就是"qin"（秦），秦就是中国的代名词。在伊朗，当地人看到印着中国标志我们的车队时，往往会欢呼雀跃，追随着我们并不断挥手致意，说"halu，qin"，意即"欢迎您！中国人！"足见"秦"的国际影响力。

千百年来，天水与陕西、秦地有着不解之缘。陕西与天水的渊源，有人用四个"同"来表述：同饮一河水——渭河；同走一条路——丝绸之路；同拥一座山——秦岭；同有一个文化——秦文化。天水被称为秦人开拓关中的老家，是"秦人之源"，据史料记载，秦人入主中原后所形成的关中文化与秦文明的源头自然是一脉相承，两者在历史上是水乳交融的。因此，秦商进入天水很早，《民国秦州商事》记载，"陕西商人在秦州创办最早的药店是'长春堂'，它是明洪武年间陕西华阴人张高荣开办的，在天水有600年历史。"在"长春堂"的带动下，作为丝绸之路西出长安的第一重镇天水，明、清时陕西人来此经商者逐渐增多。从明洪武年间至新中国成立前夕，陕西商人在秦州城开业的药店就有61家，遍布大街小巷。其次是山货业，一些较大的店、铺、行、栈多为陕西人所有。随之，陕西人来秦州的数量也逐年增加，投亲靠友学生意的人越来越多，操着陕西腔的相公们比比皆是，可谓"一城秦州，半城秦商"。

秦商们为了推广他们的商贸事业，集资在天水的南大街修建了巍峨壮丽的"陕西会馆"，始建于清乾隆十七年（1752年），有山门、过厅、左右厢房、拜殿和天池修竹，歇山重檐，成为天水著名文化景点。而山西商人则在会馆的东侧修了规模较小的"山西会馆"。有趣的是，两省会馆一墙之隔，有便门相通。打开便门，两馆合为一馆，叫"山陕会馆"，关门即各自为分省会馆，形象表达了陕西商人与山西商人在天水既联合又竞争的相互关系。山陕会馆的日常活动主要是接待过往客商，进行商贸交流，组织同乡聚会，交流商业情报，遇有节庆喜典，相约共同祝贺；安排公益事项，帮人济困解危；执行地方法规，议定完成措施；抵制非法摊派，维护商人利益；调解业内纠纷，处理相关事宜。山西会馆与陕西会馆相连，建在低于街面1米多的坑内，一进两院。院落虽小，也是砖雕门楼，有戏楼、前殿、后殿、厢房数间。财神殿为正殿。商人们一般都供奉财神，据说财神有文武五神。山西商人供奉的是郭子仪，希冀受其保佑，年年商运亨通，财源茂盛。每年5月，秦州城十几家酿酒行业的东家、掌柜们，都在此聚会，叫作"给酒仙爷过会"。

过会的时候，人们呼朋唤友，饮酒行令，"一定要高升呀，双眼挂花翎呀，三星拱照，四季里闹五更呀，六连要高升呀，七巧八马，九子里得功名呀，十年上大运，划拳讲输赢呀，冷酒一口吞呀，吞得我两眼红呀，耳听得楼上鼓打一更呀，咚、咚咚、咚咚咚……"

今天天水的"陕西会馆"依旧保留着古代会馆的原貌，并于2000年初由陕西咸阳古建筑公司修缮完成。尤其是会馆的山门，充满着浓郁的陕西文化气息。会馆山门为三开间牌楼式建筑。三段歇山式屋顶正脊两侧饰龙形吻兽，开卷式门洞，两边各砖雕楹联一副，左边为"义勇冠尘埃，当年摧吴挫魏丹心耿耿绵汉祚"，右边是"庙貌崇关陇，群生蒙庥托庇盛香世世保君恩"，门楣分别雕"游圣城""履贤关"字样，依然做足了关公"忠义"形象和勇毅精神，使人们每到门前莫不虔心有加，顶礼膜拜。会馆后院繁茂生长的墨竹，据说是来自陕西的楼观台。天水作为古代丝绸之路的必经之地，成为关中人走向西方世界的"第一扇门"。如今的山陕会馆，已经成为天水市民的文化活动中心，每年都会有不计其数的文物展览、文化交流等活动在这里举办，进行秦文化和西部各地区文化的交流和传承。

2009年6月，国务院正式批复了《关中－天水经济区发展规划》后，陕西与天水的经济往来和贸易更加频繁，能源交通、文化旅游、教育医疗、农业科技等方面的贸易合作全面开花。中国西电集团、陕西电子信息集团、陕西海升集团等诸多陕西企业与天水企业开展合作，陕西与天水的交流合作也日益深化。天水现在依然有约15万的陕西籍商人，从事着设备制造、商贸流通、房地产开发等诸多行业的商贸工作，成为陕西建设丝绸之路经济带的一支重要的力量。

皋兰金城 万家灯火

——2017丝绸之路品牌万里行纪实之三

当2017丝绸之路品牌万里行车队来到甘肃省会——兰州时,已经是日暮时分,皋兰金城以它璀璨的万家灯火,迎接着我们的到来。

兰州自古是丝绸之路的重要节点。公元前121年,霍去病西征匈奴的河西之战,就是从兰州渡过黄河的。汉昭帝始元元年(前86年)在今兰州始置金城县,据说筑城时挖出金子,故取名金城。还有一种说法是依据兰州城群山环抱固若金汤之势,命名为金城。隋文帝开皇三年因城南有皋兰山,故改名兰州。清朝康熙五年即公元1666年,陕甘分治,设甘肃行省,省会设兰州。从此,兰州一直为甘肃的政治、经济和文化中心。

兰州又是关陕重地,陕西门户。顾祖禹《读史方舆纪要》卷六曾对兰州与关中的关系有过一段精彩的论述,他说:"兰州控河为险,隔阂羌戎。自汉以来,河西雄郡,金城为最。"他引用宋人穆衍的一句话描绘兰州与关中的关系是:"兰州弃,则熙州危,熙州危,则关中震动。"可见，兰州与关中有唇齿相依的关系。兰州安则关中安，兰州危则关中震惊矣。

因此，历史上兰州是中原连接西域少数民族地区的物流中心，是丝绸之路通向中亚西亚的主要商品中转站，也成为陕西商人的大本营。陕西商人沿丝绸之路讨营生，首选之地就是兰州。有人说兰州"乃一边境商场，而操纵此商场者，大都外邦人，以秦晋帮势力最为雄厚。"（刘文海《西行见闻录》）因而，明清陕西商人在甘肃的商业活动基本是沿丝绸之路作推进式扇形展开，遍布于陇上的大小城镇。

兰州是甘肃省会和丝路西出长安的商业中枢，兰州商贸长期以来掌握在陕西商人手中。兰州人彭英甲在《陇右纪实录》中指出，甘人"家园株守，无百里负贩之人，所以省会及各属，凡商业稍有可观者，山陕人居多。"近人刘向东亦指出："自十九世纪来到本世纪三十年代，在兰州经商的……多山、陕、平、津商贾。"（刘向东《兰州服务志》）而对山陕帮商人在甘肃的经营状况，近人萧梅性在《兰州商业调查》中更具体记述是，"兰州商业金融之权，操于山陕津帮之手，各大行店，晋商称胜，钱庄药号，秦人居多……制造青条黄烟，陕甘两商，亦足齐驱。"

甘、肃、凉是陇西三大都市，是陕西商人纵横捭阖的广阔天地。凉州（武威市）"商人以陕籍为多……陕商多贩卖土产及湖北白布、兰布等，本县所需棉花，向持陕西运来"；甘州（张掖）为甘、新两省之枢纽，甘省原料出产之地"市廛殷阗，人口稠密，商肆货柜横列门首"；肃州（酒泉市）为甘肃极西之锁钥，商贾往来，蔚成大观，"输入品由东大道来者，以陕西之大布及纸张为大宗……商人以晋人为多，秦人次之"。陕西商人不仅在张掖、酒泉、武威三大富区生意兴隆，而且在这些富区周边的县、镇，也布满了足迹。凉州古浪县"商贾多陕晋人"；康县的带镇"其人半秦"，他们在带镇设有"陕甘会馆"，为该镇的名胜之区。景泰县八道泉乡青城村"旧日为繁盛之站"，故而陕西商人在这里筑有山陕会馆，门前有铜旗杆巍然屹立。陕西商人在陇上的活动，形成了甘肃以兰州为中心市场，以平凉、天水、张掖、武威、酒泉为中级市场,以各个县镇为初级集市的市场网络结构。这种市场网络结构,推进了甘肃的商品化过程,保证了丝绸之路在河西走廊各个节点上的畅通和繁盛。

陕西商人在陇上的活动,也带动了甘肃本土商人即陇商的兴起。民国时期地理学大师林竞曾对此有过分析,他说:"秦陇之民,昔多贩运鸦片谋重利。近则此业甚微,转而积谷转输,贱籴贵粜,以取利,或资贷以征重息,或辇关中百货以应棉贩之求,号曰行栈,其民忍劳耐苦,不鄙贱作,故久恒致富。"(林竞《新疆志稿》)甘肃《崇信县志》中也反映了这种变化"同光以后,节节进化,耕读外,多鱼实业,往来岐凤,泾原不乏其人。"(张道明《重修崇信县志》卷一)使陇商成为与晋陕大帮并驾齐驱的商业力量。有人记载说进入清代后经营兰州水烟的"兰帮"商人,掌握着水烟的半壁河山,"制造青条黄烟,陕甘两商,亦足齐驱"(《崇信县志》卷一),使陇商成为与晋陕大帮并驾齐驱的商业力量。所以,《新疆志稿·商务志》记载:入清以后,丝绸之路北线中国商人的分布是"秦陇……商人多出焉。"这种变化一方面说明,外来商贾的活动对本土商人的影响,另一方面,也说明了外来商人与本地商人的融合过程,对此《敦煌县志》有总结性说明,"商贾先自山西、陕西贸易至此,逐亦渐入土著,置田起屋,均列户民。其原籍尚有家室者,每隔三五年归省家属庐墓,其有力者,父母殁后,子孙们扶梓归里,亦不忘首邱之义耳"。

如今的兰州,是亚欧大陆桥中国段五大中心城市之一。国家启动丝绸之路经济带建设后,甘肃着力打造"丝绸之路经济带"甘肃黄金段,重点推进道路互联互通、经贸技术交流、产业对接合作、经济新增长极、人文交流合作、战略平台建设等六大工程,社会经济呈现出加速增长的态势。而在新一轮建设丝绸之路经济带的热潮中,大量新陕商仍然是兰州商贸领域的一支重要力量。今日在兰州的陕西商人有20多万人,他们在兰州的建材、医药、电子通信、服装百货和房地产领域日益发挥着重要作用。而在这些兰州的"新秦商"中,涌现出许多新时代丝绸之路建设热潮的"弄潮儿",他们中的优秀代表之一,就是甘肃陕西商会会长张建忠。

张建忠,陕西子洲人,甘肃省陕西商会会长。1998年,创办了兰州万达纸业有限责任公司,产品覆盖省内各大商场、超市、大型宾馆以及酒店,并销往陕西、新疆、青海、宁夏、内蒙古、西藏等地。2008年公司贸易额达到数亿元人民币。又于2014年创立了餐饮连锁品牌"格钦楼",将兰州牛肉拉面在全国范围内采取直营和合作加盟方式进行推广,现已成功登陆一线城市并在全国范围内具有一定市场占有率,赢得了众多合作伙伴的赞誉和认可。

张建忠热衷公益,致富不忘人民,先后累计捐款捐物150万元以上。2008年汶川地震发生后,他慷慨解囊,第一时间向灾区捐助数十万元物资。在精准扶贫活动中,他积极帮助贫困群众创业就业、增收致富。2015年他与甘肃陕西商会向两当县捐款131万元作为精准扶贫基金。张建忠以实干、创新精神诠释着陕西商人的风范,以爱心彰显着陕西商人的博大胸怀,在建设丝路经济带的伟大实践中闪烁着自己的生命光芒。

过兰州铁桥掉头西去

镍海鲜花正盛开

——2017丝绸之路品牌万里行纪实之四

一木一世界，一花一天堂。当2017丝绸之路品牌万里行车队驶进甘肃金昌市时，扑面而来的城市景色与沿途的戈壁荒漠形成了强烈的反差。规划整洁的街道，笔直的马路，两旁盛开的四季花卉，你一定会闻到金色昌菊的芬芳，你一定会看到紫色的薰衣草在梳理行装，你一定会被摇曳的紫金香带进爱的海洋！镍都的粗犷与花海的温柔，两个很难协调在一起的概念，竟然在金昌被和谐地连接在一起，开出了共生共享的绚丽花朵。

这座在镍海深处绽放的花城，是创新与绿色发展理念在茫茫河西走廊结出的丰硕成果！

创新，是几代金昌人矢志不渝的理念。凭着创新的理念，金昌人硬是在贫瘠的河西荒原上打造了一座以"镍都"命名的现代化工业城市；凭着创新的理念，金昌人硬是将一个行将被废弃的资源型城市，改变为一个"西部花城，浪漫金昌"的宜居宜游型的浪漫城市。金昌人硬是在粗犷与柔美两种文化相互碰撞激荡中证明了创新是一个城市发展的动力与时代音符。

金昌市，地处河西走廊中段，自然条件严酷，年均蒸发量是降水量的18倍，是全国110个重点缺水城市和13个资源型缺水城市之一，也是中国西部地区自然生态环境比较脆弱的地区。33年前，这里还是一片"风吹石头跑，日晒黄泥焦"遍布沙砾的亘古荒原，由于金昌有丰富的镍矿储量，20世纪60年代，一批为祖国发展做贡献的有志者和热血青年，在开发金昌镍矿的感召下，从祖国各地汇聚到金昌。他们凭借一股创新的热情，在戈壁滩上搭帐篷、住地窝，就着冰块啃馍馍，在生活条件极为恶劣的荒原上建成了我国最大的镍钴生产基地。该基地拥有世界第二大的多金属共生镍矿，是中国三大资源综合利用基地，被邓小平称为祖国的"金娃娃"。金川公司是集采、选、冶配套的大型有色冶金和化工联合企业，也是中国最大的镍钴铂族金属生产企业和中国第三大铜生产企业。在金川公司及其配套企业的共同努力下，伴随着镍工业基地的开发建设，金昌市已经成为一座现代化的工业城市，工业化程度高，2015年人均GDP突破6 500美元，将昔日人迹罕至的荒漠戈壁，发展为丝绸之路上的一颗璀璨明珠。

金昌花海

进入21世纪后，工业极速发展所带来的后现代化弊端，在金昌也不可避免地显现出来。产业结构单一、资源型产业发展带来的环境污染，使金昌面临着资源枯竭、产业链短、环境污染、环保欠账、缺少可持续产业等困境。面对处处烟囱冒黑烟，气候异常干燥的严酷生态环境以及近年来全球金属行业的不景气，金昌市的决策者们决定进行产业结构调整和社会经济转型，即第二次创新发展。

第一代金昌人通过艰苦奋斗实现了第一次创新，建立了工业化城市。第二代金昌人怎样进行再一次创新？此时，习主席的"绿色发展理念"拨亮了金昌人心头的困惑。"既要金山银山，也要绿水青山"，创新发展必须在绿色的基础上进行，"不能用子孙后代的干粮维持我们这一代人的发展"金昌市委宣传部长这样说。他们决心将加快发展生态文化旅游为主的第三产业作为调结构、促转型的主要方向，提出了建设"西部花城，浪漫金昌"的目标，逐渐探索出了一条花卉全链条产业的可持续发展道路。

既要金山银山，又要绿水青山；既要社会发展，又要花好月圆。金昌市的决策者们硬是要在"栽活一棵树比养活一个孩子还难"的戈壁荒原上，用花卉编织自己创新发展的梦想，为人民铺就一条布满鲜花的幸福之路。他们制定了以"山、水、林、矿、城"为主线，"依山借川环廊、沿路拓绿穿城、托城缀绿布点"的城市绿色发展思路，提出了建设"西部花城，浪漫金昌"的目标，逐渐探索出了一条花卉全链条产业的可持续发展道路。如今的金昌，从春到秋，规模化种植的薰衣草、马鞭草、万寿菊、向日葵、油菜花、琉璃苣，以及沙棘、红柳、紫槐等沙生植物更替绽放、各展风姿，使金昌呈现出一团团花簇锦绣的鲜花世界、五彩缤纷的色彩海洋和芬芳诱人的浪漫时空，吸引着各地游客纷至沓来。

金昌市的建设者绝不是仅仅以观赏者的姿态打量着自己城市的转型和发展，他们深知"绿水青山也是金山银山"的辩证思维，决心在"绿色经济"上做文章，向绿色要增量，向花卉要效益。金昌市花文化博览馆于2015年9月开馆，该馆通过茶道文化、插花艺术、陶器制作以及香道等多个互动体验项目，大大增加了游览的趣味性，让游客在参观过程中切身体验花文化的乐趣。这样一座专门展现花文化的科普博览馆，目前在国内还是第一家。他们还通过建设科普宣传平台、种子资源保护平台、观赏平台、生产加工平台，将鲜花、花纹、花蜜、香精、精油、色素等一系列产品可广泛应用到日常食品、服饰、日用品及生产生活中去,金昌的特色花卉经济已经逐步展开,产业链条正快速延伸。在第三产业领跑下,今年上半年,金昌交出了一份漂亮的成绩单:全市共接待游客163.51万人次,实现旅游收入8.23亿元,"紫金花城"景区已被列入甘肃省丝绸之路经济带20个大景区建设项目,香草花卉生态休闲旅游业快速发展,"中国镍都、紫金花城"的旅游形象品牌正不断升级。一座花海飘香、宜居宜业宜游的生态绿城和旅游新城正呼之欲出,祖国镍都实现了华丽的转身……

在戈壁荒漠之中,你绝对不会想到金昌人咏叹的歌谣是:"不要再问金昌的花儿什么时候开?我只能遗憾地告诉你,金昌的花儿一年四季都在开。"在中国西部一个并不为人所熟知的城市,人们的理想是"将金昌打造成中国的迪拜"。这里的人们竟然具有如此博大的胸怀和格局,这不正是丝绸之路链接起来的梦想吗!

金昌通关仪式

永久的焉支山

——2017丝绸之路品牌万里行纪实之五

2017丝绸之路品牌万里行车队，离开金昌后，沿着祁连山向张掖进发。一路上荒冢累累，旷野千里，秋日里的河西走廊比平时更增添了几分肃杀悲凉的气氛。车队在悲凉的西风中蜿蜒前行，颇有一种无名的悲壮，使人想起当年霍去病闪击匈奴百万大军在荒野中阑珊行进的雄浑。

进入山丹，一抹夕阳照射在远处的山峦之上，青黛色的山峰被涂抹上了一丝血红；荒草在秋风中孤独地咏叹着凄凉的歌，几只苍老的黄牛或卧或站，在寂静的苍穹下冷眼观望着天边的晚霞，"天苍苍，野茫茫，风吹草低见牛羊"，陇上的景色与千年前并没有什么两样。

忽然，一座青黛色的山峰和隐隐约约蜿蜒不见尽头的汉长城闪入了人们的眼帘，这两样景色的叠加，清楚地告诉人们前面就是甘州境内的"焉支山"。那首带有历史幽怨悲凉音符的《匈奴歌》"失我祁连山，使我六畜不蕃息；失我焉支山，使我嫁妇无颜色。"便无声地飘荡在了人们的心头。

张掖，为古甘州。汉以前，为匈奴所据，汉武帝太和元年，始置张掖郡，汉昭帝以后，与酒泉、武威、敦煌、金城，并称为"河西五郡"。魏、晋南北朝时期改为甘州，宋以后为西夏所据。蒙古得其地，仍置甘州。明时为甘肃镇。甘州河山襟带，扼束羌戎。自古畜牧为天下饶。山丹所在的焉支山区是"水草茂盛，宜畜牧"的天然草场，氐、羌、月氏、匈奴等少数民族曾先后在这里繁衍生息。在那个遥远的年代，这里不但是游牧民族赖以生存的家园，而且是盛产制作胭脂原料红蓝花的重要产地，匈奴妇女有搽抹胭脂以装扮美丽的习惯，故有"北地胭脂"的说法，泛指北方美女。当那些丰满俊俏甚至带有草原野性的匈奴女子，用胭脂将自己装扮得唇红齿白、惊艳无比时，无疑成为匈奴诸藩王挑选妻妾的对象。匈奴语称各藩王之妻叫"阏氏"，焉支山就是匈奴语"阏氏"的译音。"阏氏"是匈奴皇后、王妃、妻子的意思。"祁连"是匈奴语天山、最高的山的意思，具有雄性、男人的含义。焉支山是祁连山的一个支脉，这便自然成为"阏氏（妻子）山"了。祁连山的伟岸与焉支山的俊俏共同组成了匈奴族的家园情怀，李白曾写诗形容她们的美丽是："妇女马上笑，颜如赪玉盘。翻飞射鸟兽，花月醉雕鞍"。

我望着在苍穹下默默屹立的焉支山，一股英雄的情怀在心头升腾。因为这是一座英雄之山，是一座彰显中华民族男儿血性阳刚的山峦。西汉初期，焉支山及其毗邻的大草滩是匈奴昆邪王的重要牧场。那时的匈奴以其草原铁骑的狂野个性搞得大汉王朝"谈匈奴而色变、窥胡马而远遁"，不得不以"嫁女祈福"的形式换得边境的安全。到汉武帝元狩二年（公元前121年）国力强盛，骠骑将军霍去病率精骑万余人从陇西沿祁连山西进，在焉支山这一带击败匈奴"五小王国"，"转战六日，逾焉支山千余里"。同年秋八月，霍去病再次率部从北地郡越腾格里沙漠，击败匈奴于张掖西北，迫使匈奴昆邪王率部四万余众归降汉朝。从此，焉支山正式纳入汉室版图，汉王室在此设"张掖郡"进行治理。从此，匈奴消失了，阏氏盛装不再了，三百年的马蹄再也敲击不出匈奴永世的绝

纪／实／篇

响了。一个在中国早期历史舞台上活跃了数百年强大的北方游牧民族从此退出了历史的舞台，消失得无影无踪。

望着焉支山黑黝黝的山峰，霍去病逆袭匈奴战争的刀光剑影，鼓角争鸣仿佛就在眼前闪动。"湮没了荒城古道，荒芜了烽火边城，岁月啊，你带不走那一串串熟悉的姓名。"因此，焉支山是霍去病英武气概和奋发进取精神的不朽丰碑。焉支山下的山丹城里，有霍去病立马沙场的塑像。焉支山南面的霍城，原名黑城，人们为了纪念霍去病，改名"霍城"，就是对远去民族血性的心灵呼唤和精神追寻。

天地宽阔焉支山

我望着在苍穹下默默屹立的焉支山，一股胜利的豪情在心头涌动。因为，焉支山是中华民族彰显大国气度、排场盛世繁荣的山峰，它用山一样的文字书写了一段中华民族豪壮的历史情怀。据史书载：隋炀帝大业五年（609年）元月，隋炀帝为了统一河西地区，对伯雅、吾吐屯等西域二十七国实行怀柔安抚政策，欲御驾西巡张掖。一日上朝，问驻张掖郡大臣裴矩："朕闻山丹焉支山秀丽，珍禽异兽出没山林，意欲狩猎，游乐观赏风景，祭祀天地，"遂颁昭下令西域二十七国君主使臣前来焉支山朝见，并令全体接待人员佩戴金玉，衣着鲜艳，焚香奏乐，边外使臣敬献疆土，以示臣服。并写下了著名长诗《饮马长城窟行》"千乘万旗动，饮马长城窟。秋昏塞外云，雾暗关山月。缘岩驿马上，乘空烽火发。借问长城侯，单于入朝谒。"以记述当时的盛况。这就是历史上在焉支山下演绎的"万国博览胜会"。

我望着焉支山黑黝黝的山峰，心头自然升腾起一股民族豪迈的欢呼之声。一个古老的东方民族，就应该有这样的自信，就应该有这样一种不可一世的气度和保卫自身利益的尊严，就应该有这种彰显盛世气象的排场。自信力在历史上常常表现为一种战斗力。它所表现出来的无与争锋的雄阔气象，常常会"不战而屈人之兵"，是一个东方大国应有的气度。

我望着在苍穹下默默屹立的焉支山，一种历史的厚重感在心头悸动。一个民族应该有自己寄托历史延伸的荒川大漠，无垠天地，这样才能彰显历史的厚重和现实延伸的苍莽。美国有荒原无垠的西部，有高深莫测的阿拉斯加，它的荒野和桀骜不驯正是美国历史得以回旋的地理依托和大国所在。就是伊朗，也有伊朗高原一望无尽的荒原和沙漠，望着伊朗延伸到天边的荒丘，便使人不敢小视这个国家的发展后劲和历史耐力。中国西部莽莽苍苍的荒原与戈壁瀚海，也正是中华民族历史回旋的地缘寄托。

这就是焉支山永久存在的魅力。

和平阳光下的嘉峪关

——2017丝绸之路品牌万里行纪实之六

在秋日和煦的阳光下，2017丝绸之路品牌万里行车队驶进了号称"天下第一雄关"的嘉峪关。

令人意想不到的是，明代初年为抵御鞑靼族和吐鲁番对中原侵扰而修建的雄浑的长城"第一墩"，在选址上竟充满了诗意般的温柔。嘉峪关东临酒泉，西连荒漠，北依嘉峪，南望祁连。晨风里，讨赖河水滔滔东去，宛若银练飞舞在戈壁之上；夕阳下，又如飞龙游走于山涧之间。极目南眺，祁连山终年洁白，"凝华积素，争奇献秀，氤氲郁葱，凌空万仞。"映衬着蓝天白云。晨曦初起，彩霞横抹天空，天高野阔。雨后，长云如练，缠绕山腰，或金戈铁马，或战云猎猎；雨过天晴，彩虹横挂山川，城郭袅袅炊烟。真可谓："余收远岫和云湿，风度疏林带舞飘。"

"记玉关踏雪事清游，寒气脆貂裘。傍枯林古道，长河饮马，此意悠悠。"宋代词人张炎这首《八声甘州》大致可以用来描写嘉峪关作为长城第一要塞的军事功能。

明代初年，甘州以西的吐鲁番日渐强大，常引兵进犯河西走廊各郡，西部边疆的安全成为大明帝国的心腹之患。为了防御边外少数民族的惊扰，明洪武五年（1372年），宋国公征虏大将军冯胜在班师凯旋途中，选址在河西走廊中部，东连酒泉、西接玉门、背靠黑山、南临祁连的嘉峪塬西麓建立嘉峪关。嘉峪关建成后，由内城、外城、罗城、瓮城、城壕和南北两翼长城组成，全长约60千米，并由内城、外城、城壕三道防线组成重叠攻防工事，形成五里一燧，十里一墩，三十里一堡，百里一城的防御体系。

"除是卢龙山海险，东南谁比此关雄"，从此嘉峪关就成为西部边防要塞，对保障河西走廊的安全起了重要的作用。明军和吐鲁番兵曾多次在嘉峪关鏖战，嘉峪关前刀光剑影，杀声冲天，流淌了多少边关将士的鲜血和泪水。在瀚海戈壁的蛮荒之地，遍地沙砾，最怕断水，而嘉峪关城中有井，山上有泉，不患用水匮乏，所以六百余年巍然屹立，不曾破败。

清代左宗棠征西，收复新疆，中国边疆向西延展，嘉峪关成为内陆关隘，嘉峪关的军事功能弱化，经济、文化功能提升，成为进出西域与新疆的关口。政府在此设税司，向过往商民征收过境税，使嘉峪关成为西部重要的子口税关，人们多从嘉峪关入新疆屯垦贸易，或向西域谋求发展，因而，自古以来嘉峪关就是丝绸之路的重要节点和关隘要地，是中原与西域连接的交通要道。嘉峪关西门门额刻"柔远"二字，表明明王朝对边外游牧民族实行"安抚边远"的怀柔政策；而东门门额上刻"光化"三字，表示旭日东升，瑞气普照大

嘉峪雄关天下闻

地的景色,充分表现了嘉峪关连接内外、沟通中西的枢纽地位。从关门进出川流络绎的商旅客民,表现了嘉峪关曾经拥有的繁华。

在今天和平发展的新时代下,望着嘉峪关重重叠叠的层楼和在阳光下默然屹立的箭楼、城垛,也许会有一番新的感悟和新的收获。

首先,嘉峪关是一个民族历史记忆的名片。嘉峪关建设的本意最初就是军事要塞,是防范外族袭扰中原的安边前线,是国之重地。在嘉峪关前发生过的一场场保家卫国的战斗,弥漫着长久不能驱散的硝烟,浸满着守关将士饮恨边陲为国捐躯的壮志雄心,说明和平要靠战争争取,要靠流血牺牲来保卫。在苍茫的戈壁荒野之中默然屹立的嘉峪关,西向西域,面对中原,默默向人们诉说着只有靠实力安抚边疆,怀柔远人,才能为国家安宁创造"光化普照"的和平环境;在遍地沙砾,寸草难生,黄尘时起,故垒啼鸟的险恶环境中巍然屹立的嘉峪关,默默向人们诉说着民族磨难的不忘初心,告诫人们没有边疆的安宁,就不会有国家的强盛。嘉峪关像一个在"千山鸟飞绝,万径人踪灭"的阴霾里巍然屹立的战士,用阴冷的目光打量着关外瀚海的股股狼烟,用警惕的眼光注视着大漠中的风起云变,随时准备提缰上马痛击前来侵犯之敌;嘉峪关铭刻了一个个在战火中远去的背影。我们到关前凭吊英雄,抚摸故垒,为的是不忘初心,铭刻历史的记忆,感叹时光流逝,岁月沧桑,追寻历史发展的剑影刀光,从而坚守和平须得战争来保卫的历史经验和历史沧桑。

其次,嘉峪关是一个民族发展的历史见证。嘉峪关从最初的边关要塞转变为内关税所,从城门中走出一队队威风凛凛的军士到从城门中走出一行行商贾客民,从杀声震天的军营到货声悦耳的集市,无不反映了一个民族发展的历史变迁。在嘉峪关的游击衙门府里,你仿佛会听到军旗猎猎、战鼓激越的厮杀怒吼,你仿佛会听到胜利捷报传来的欢呼和将士捐躯的悲伤。可时代变迁的脚步依然不可阻挡。从嘉峪关文昌阁里你又会听到朗朗的读书之声,体会人们对科举取士的渴望;在嘉峪关的关帝庙里,你不难体会人声沸鼎、商贾络绎、生意兴隆的热闹场景和善男信女、香火缭绕的虔诚祈祷；在嘉峪关的戏楼上，你一定会听到黄钟大吕苍凉悲壮的秦腔和人群中发出的阵阵欢笑。战争的残酷与生活的热烈相互交织，兵戎相见郊原血染与万家炊烟鼓乐相间相互转换，这就是在嘉峪关中演绎了五百余年的生活场面。战争说到底是为了更好的生活，更好地生活才能够体会到和平的可贵和来之不易。

嘉峪关的战争要塞功能与税关国门功能是相辅相成、互为表里的。战争的胜利才能为发展营造良好的和平环境，而发展才能为战争胜利奠定雄厚的物质基础。这就是嘉峪关东西门上镌刻的"怀柔"与"光化"之间深层的历史含义和逻辑联系。

这就是我眼里和平阳光之下的嘉峪关。

嘉峪关通关仪式

如果没有王圆箓，莫高窟经卷的命运会如何？

——2017丝绸之路品牌万里行纪实之七

当2017丝绸之路品牌万里行车队进入敦煌经过世界艺术宝库莫高窟时，我想的最多的就是莫高窟经卷的命运。因为，莫高窟经卷的命运与一个陕西人有剪不断理还乱的关系。这个陕西人就是莫高窟的道士王圆箓！

按照陕西人的思维习惯，我突发奇想：如果没有王圆箓，莫高窟经卷的命运会如何？

当20世纪的第一缕曙光照射在苦难中国大地上的时候，发生了两件具有历史意义的事件：一是1900年5月来自陕西的道士王圆箓发现了莫高窟的"藏经洞"；二是1900年10月慈禧太后带着光绪皇帝逃亡到了西安。这两件都与陕西有着某些瓜葛的历史事件，却与千里之外的敦煌莫高窟经卷的命运有着千丝万缕的联系。

1900年5月25日，历史将发现莫高窟藏经洞的重任交给了来自陕西的道士王圆箓，这是必然性中的偶然。这个必然性植根于敦煌与莫高窟在丝绸之路上的历史地位。"敦煌"一词,最早见于《史记·大宛列传》中张骞给汉武帝的报告,说"始月氏居敦煌、祁连间"。公元前111年,汉朝正式设敦煌郡。"敦煌"地名,《汉书》中说:"敦,大也。煌,盛也。"唐《元和郡县图志》进一步发挥道:"敦,大也。以其广开西域,故以盛名。"一句"其广开西域,故以盛名",准确道出了敦煌在丝绸之路上的历史地位,即敦煌是丝绸之路的总枢纽和中国与西域文明交融的"第一个触摸点"。

丝绸之路在中国国内的走向虽然说有两条,一条是从长安经凤翔、平凉、天水到兰州的南线;一条是从长安经平凉、榆中到兰州的北线。但到兰州后两途归一,都从兰州走武威、张掖、玉门到敦煌。到敦煌后才真正实行国际分途,一分为三:一条是走中亚西亚直到罗马的中线;一条是走乌孙到印度的南线;再一条是直趋大宛的北线。这种地缘交通构造,造就了敦煌成为古丝绸之路交通枢纽的历史地位。从西汉王朝在这里设立敦煌郡以来,敦煌就成为中国与西域交接的大都市,大量中原商人带着中国的物产和技术来到敦煌;而西域各国的商人,当时主要是粟特人和大月氏人即历史上的"胡商",也风尘仆仆地来到敦煌,交换中国的丝绸和茶叶,从而使敦煌成为丝绸之路的"咽喉锁钥",呈现出"华戎所交,一大都会"的繁华面貌。

人与商品、技术都是一定文化的载体。随着敦煌商品交易的繁盛,中国的华夏文化与西域、东南亚的文化也在这里交汇、碰撞和融合。特别是魏晋南北朝时期,外族入主中原,军阀混战,天下大乱。为了能让中国人民渡过离乱的灾难,中国的统治者和有识之士掀起"西向求法"运动,大量僧人、学者赴印度求取佛法,试图用佛教的"生死轮回、善恶报应"理论帮助中国人渡过现世的苦难。因此,魏晋南北朝是佛教开始传入中国的热烈时期。随着佛法典籍的传入,佛教的宗教仪式,如造佛、诵经、焚香、祭奠等形式也传入中国,由于此时的河西是相对稳定地区,敦煌成为佛教东传的通道和门户。前秦建元二年(366年),乐尊和尚在敦煌的大泉河谷首开石窟供佛,莫高窟从此就诞生了。这样从北魏到明清，莫高窟有洞窟735个，壁画4.5万平方米，泥质彩塑2 415尊，是世界上现存规模最大、内容最丰富的佛教艺术圣地。同时，为了佛教的传播，大量僧人、施主耗费金钱从事佛教经典的翻译，供奉这些经卷翻译的有僧人、商人、农民、妇女等各类人。这些经卷、文书等文物，成为研究中国历史极为珍贵的历史文献。由于处于乱世，为了使这些经卷、文书不被毁坏，莫高窟的僧人和施主另凿一窟，将其深藏起来，期望待到乱世结束，使它重见天日，普惠天下众生。这就是莫高窟"藏经洞"的由来及其终究要被发现的必然性。

但是，历史将发现"藏经洞"的幸运之石砸在道士王圆箓身上却是历史的偶然。王圆箓祖籍湖北，出生在陕西，因家乡连年灾荒，生活所迫，年轻时从军戍守边疆，后流落到了酒泉，成为驻守在莫高窟的一介道士。1900年5月25日，王圆箓在洒扫第17号洞窟时，发现"沙出壁裂一孔，仿佛有光，破壁，则有小洞，豁然开朗，内藏唐经万卷，古物多名，见者多为奇观，闻者传为神物。"这个深藏中华民族绝世珍宝的"藏经洞"终于破土而出，重见光明。这不能不说是王圆箓的一份功劳。

藏经洞发现之后，王道士自知经卷宝贵，保护经卷责任重大，先后寻找敦煌县令严泽、新知县汪宗翰等，期望能使经卷得到妥善保护，但都没有结果。无奈之下王圆箓甚至给远在万里之外的朝廷写过密信，也是石沉大海。而此时中国社会正处于百年沉沦的历史时期，一些西方文化掮客纷纷来到中国，掠夺中国的文化珍宝。1907年，一个叫作斯坦因的英国人骑着毛驴来到了莫高窟，嗅到了藏经洞的信息，找到王圆箓，用假装虔诚的态度欺骗王圆箓，据他自己写的回忆是："自己之崇奉玄奘，以及我如何循着他的足迹，从印度横越峻岭荒漠，以至于此的经过，他显然是为我所感动了。"得到了王圆箓的信任。而此时王圆箓也想得到一些银两来修缮洞窟，便以200块银元的价格让斯坦因带走了9 000多卷经文和一些佛画、织绣品等。王道士也许并不知道他卖出的这些经卷是价值连城的绝世珍宝，莫说9 000卷经卷，就是一卷经卷也是无价之宝。1908年，法国的汉学家伯希和又买走了6 000余件写本。接着，日本的桔瑞超、吉川小一郎，俄国的鄂登堡，美国的华而纳等纷纷前来，带走大量的经卷。经过这场浩劫，莫高窟藏经洞中出土的5万多件艺术价值极高的经卷、文书、织绣、画像

在敦煌接受采访

等，几乎被洗劫一空，民族艺术遭到了灭顶之灾。

1909年当伯希和在北京展示他掳掠的敦煌文物时，莫高窟藏经洞的宝物才引起了朝廷的注意。但昏聩的清朝廷自身处于风雨飘摇的没落之中，没有任何一位、任何一级政府官员，对这些文物实施有效保护。这就是历史上震惊世界的莫高窟经卷诈骗案。

王圆箓发现藏经洞有功，但贱卖民族瑰宝有罪。我们不能因为王圆箓是一介道士，没有经过爱国主义教育和不懂文物保护知识而为他开脱罪责。因为任何经济行为都是权责利的统一。王圆箓贱卖经卷，如果是个人行为，支付的是个人成本，是他自己的私事，别人无权干涉。但王圆箓卖的是民族和国家的宝物，损害的是民族和国家的利益，这一行为的后果要由民族和国家买单的时候，他就是对民族和国家的犯罪。无知和愚昧不是开脱罪责的理由。无知和愚昧犯罪同样要得到法律的制裁。就这一点说王圆箓是民族罪人，不能因他后期做过一些诸如"改建三层楼、古汉桥以及补葺大小佛洞，积卅余年之功果，费廿多万之募资"的善事而改变他的犯罪性质。所以，我每到莫高窟的《太清宫大方丈道会司王师法真墓志》碑前，总有一种历史羞愧之感。

每次行走丝绸之路来到陕西人张骞墓前，总有一种历史的自豪之感，而每次经过敦煌见到王圆箓的墓志碑又总有一种"人自宋后名桧少，我到坟前愧姓秦"的历史羞愧之慨！

但愿丝绸之路上像张骞这样的乡党越多越好，像王圆箓这样的同族越少越好。

西出阳关有故人

——2017丝绸之路品牌万里行纪实之八

走丝路必到敦煌,到敦煌必到阳关。2017丝绸之路品牌万里行车队从敦煌出发,疾行74千米,来到敦煌西南古董滩上的丝绸之路必经之地——阳关。

阳关,是丝绸之路中原通往西域及中亚等地的重要门户。因在玉门关之南,故名阳关。始建于汉武帝元鼎年间,史载汉王朝在河西"列四郡、据两关",两关就是玉门关和阳关。阳关和玉门关,一个在南,一个在北。丝绸之路在离开两关以后就进入了茫茫戈壁大漠。所以,两关都是"丝绸之路"的重要关隘,是丝绸之路主要的途经驿站和通西域、连接欧亚的重要门户。据《元和郡县志》载:"阳关在县(寿昌县)西六里。以居玉门关之南,故曰阳关。阳关本汉置也,渭之南道,西趣鄯善、莎车。后魏尝于此置阳关县,周废。"阳关与玉门关之间有70千米的长城相连,每隔数十里有烽燧墩台,尤以古董滩北侧墩墩山山顶上的

"阳关耳目"烽燧最大,地势最高。

丝绸之路出阳关后,商队穿过沙漠,到达鄯善(今新疆若羌),再到于阗,接着经过葱岭(今帕米尔高原和喀喇昆仑山)到达安息再到塞琉西亚,最远到达土耳其南部和埃及地区。因此,阳关作为通往西域的门户,又是丝绸之路南道的重要关隘和战略要地。

阳关古关隘建立在荒芜辽阔的古董滩上,凭水为隘,据川当险,与玉门关南北呼应,具有"一夫当关,万人莫开"之险要地势。西汉时为阳关都尉治所,自西汉以来,许多王朝都把这里作为军事重地派兵把守,多少将士曾在这里戍守征战;多少商贾、僧侣、使臣、游客曾在这里验证出关。这是因为,商贾客民西往西域必须在此领取通关文牒,并加盖阳关都尉的印照,方可出关西行,这就是今日汉语"多多关照"一词的由来。

阳关由于自秦汉以来就是通往西域的重要关隘,人们从这里前往西域贸易通商,赚取大量商业利润,莫不挣得体丰钵满,富贵流油,使阳关以外的丝绸之路成为赚钱发财通向财富的康庄大道,丝绸之路的这种贸易繁盛在历代人们的心头留下了深刻影响,人们才把阳关以外的丝绸之路称之为"阳关道",成为中国漫长历史时期财富的代表和文化表征符号,因此,汉语里才有"你走你的阳关道,我走我的独木桥"之说。

阳关,辽荒万里,空寂荒凉,远离京师千里以上。加之路途遥远,交通阻隔,环境多变,盗贼蜂起,又处于中原文化与西域文化的交接之地,出了阳关完全是不同于中原的异域文化场景。在音讯传递不发达的古代,阳关的面目常常是狂野的,荒凉悲苦的,杳无人烟的,出阳关常常会生死未卜、有去无还。这对于远去贸易做官的人们来说,无疑是一场生死考验,归乡路成了夜晚奢侈的梦想,像挂在阳关天上的那弯月亮,清冷高远。北宋诗人晁补之有一首《古阳关》词,将人们在古阳关的苍凉心境描写得淋漓尽致,其词曰:"暮草蛩吟噎。暗柳萤飞灭。空庭雨过,西风紧,飘黄叶。卷书帷寂静,对此伤离别。重感叹、中秋数日又圆月。沙觜樯杆上,淮水阔。有飞凫客,词珠玉,气冰雪。且莫教皓月，照影惊华发。问几时、清尊夜景共佳节。"这样，阳关自古以来在人们心中成为凄凉悲惋、寂寞荒凉的代名词。尤其是唐代诗人王维的那一首《渭城曲》，"劝君更尽一杯酒，西出阳关无故人"，写尽了阳关的荒瘠空阔，凄凉委婉。在王维的影响下，有不少唐宋诗人通过他们对阳关的描写，强化了这种悲凉的气氛。如宋代诗人黄庭坚《题阳关图二首》写阳关的苦寂是："断肠声里无形影，画出无声亦断肠。想得阳关更西路，北风低草见牛羊。"庾信的《重别周尚书》描写阳关是："阳关万里道，不见一人归。惟有河边雁，秋来南向飞。"元人刘燕歌《太常引》更从女性的角度描述了阳关的辽荒万里，无尽相思的愁绪："故人别我出阳关，无计锁雕鞍。今古别离难，蹙损了蛾眉远山。"在诗人们的渲染下，"西出阳关无故人"在人们心头留下了挥之不去的深刻印象。

可历史是发展的。现如今，阳关已经不是旧时代的那个旧阳关，在党中央提出建设丝路经济带的倡议以来，阳关再也锁不住人们发展的强烈愿望，阳关再也阻隔不了人们发展的国际目光，今日的阳关已经变成了"西出阳关有故人"！

"请君莫奏前朝曲，听唱新翻杨柳枝。"

首先，阳关本身发生了翻天覆地的变化，今天的阳关已是柳绿花红、林茂粮丰、泉水清清、葡萄串串的好地方。这是因为阳关所在的古董滩本身就是一块招财进宝的风水宝地。相传大唐天子为了和西域于阗国保持和睦关系，将女儿嫁给了于阗国王。皇帝下嫁公主，带了好多金银珠宝。送亲队伍经长途跋涉，来到了阳关，歇息休整，准备出关。不料，狂风大作，黄沙四起，天黑地暗。这风一直刮了七天七夜，送亲队伍和嫁妆全部埋在沙丘下，种下了财富的根苗，人们常常在这里可以捡到露出地面的文物、宝藏。当地流传的民谣就是："进了古董滩，空手不回还。"今日的阳关镇政府带领群众在古董滩上找到了一个发财致富的"宝物"，这就是大力发展张骞从丝绸之路带回的葡萄。他们发挥阳关是当年张骞从西域引进葡萄种最早的试种地这一传统优势，大力发展葡萄产业，逐步建成了"一乡一品"的葡萄生产专业乡镇，阳关镇98%的耕地都栽植了葡萄，葡萄栽植面积达到14 000多亩，成为甘肃省最大的鲜食葡萄基地。2007年阳关镇葡萄产品量达到7 100万斤，葡萄销售收入达5 300万元，人均纯收入达到7 600元。丝绸之路给阳关人们带来了生活的富足和幸福。

而党中央提出的建设丝绸之路经济带，更使阳关外到处都是故人，到处都是朋友。因为，丝绸之路涵盖沿线64个国家和地区，其中亚洲43国，中东欧16国，独联体4国，非洲1国。仅中亚就包括：哈萨克斯坦、土库曼斯坦、吉尔吉斯斯坦、乌兹别克斯坦、塔吉克斯坦、阿富汗等十国；西亚包括伊朗、伊拉克、格鲁吉亚、亚美尼亚、阿塞拜疆、土耳其、叙利亚、约旦、以色列、巴基斯坦、沙特阿拉伯、巴林、卡塔尔、也门、阿曼、阿拉伯联合酋长国、科威特、黎巴嫩十八国；中东欧包括阿尔巴尼亚、波斯尼亚和黑塞哥维那、保加利亚、克罗地亚、捷克、爱沙尼亚、匈牙利、拉脱维亚、立陶宛、马其顿、黑山、罗马尼亚、波兰、塞尔维亚、斯洛伐克、斯洛文尼亚十六国。这些说明丝绸之路的朋友遍天下，阳关不再是人们友谊的终结点，而是人们友谊新的出发点！

王维先生如果地下有知，一定会欣喜地修改它的词句："劝君更饮一杯酒，西出阳关多故人！"

西出阳关多故人

一个闻其名就会感知甜蜜的城市

——2017丝绸之路品牌万里行纪实之九

哈密，维吾尔语的意思是"美丽的草原"，可汉语译音却取了一个充满甜蜜的名字——哈密，"哈一口气，都会流淌出蜜汁"。当2017丝绸之路品牌万里行车队驱车来到哈密时，立即感到一股甜腻腻的柔情蜜意扑面而来。

哈密的风是甜蜜的。哈密地处哈密盆地，干燥少雨，属典型的温带大陆性干旱气候。当我们车队扑向哈密时，已经是夜阑时分，在陕西已经是银辉高悬，整个城市开始进入一种昏昏欲睡的慵懒状态，而哈密由于时差，才日暮天山，几抹晚霞淡淡地横扫城市上空，给人一种欲暗又明似睡非睡的迟滞之感。从巴里坤草原吹过来的微风，夹杂着草原深处日照长久蒸发未尽的温暖，夹杂着绿洲瓜田散发出来向远处缓缓飘荡的甜味，吹在人们脸上，柔柔的、暖暖的、腻腻的，似乎空气里都带有一份甜意，拧一下就会挤出几丝甜蜜。当我忘情地将头伸出车外，听任窗外的微风吹过脸颊时，似乎有一种被少女的手抚摸的感觉，几乎可以嗅到从她们指尖散出的淡淡幽香。

哈密这散发着温暖的柔风，又多少带有几千年吹过的丝绸之路的历史遗风。从窗外呼呼

哈密沙漠

作响的微风中，你可以感到一种历史厚重的质感，像是窃窃私语诉说着丝路流淌过的甜蜜往事。哈密有悠长的历史，早在原始社会中期就有哈密人的祖先在这里繁衍生息，生活在这块绿洲之上。两汉时期（公元前206—220年）哈密称"伊吾卢"，西汉神爵二年（公元前60年）设西域都护府，哈密即归西域都护府管辖。从那时候起，哈密就成为丝绸之路东线西去罗马的重要节点。丝绸之路东线从敦煌经安西（瓜州）、哈密（伊吾）、吉木萨尔（庭州）、伊宁（伊犁），直到碎叶。哈密成为丝路主线的必经之地。也许，千年以来丝路上过往的商旅客民经不住哈密瓜散发着奇香的诱惑，一定要使丝路在哈密溜达一阵，然后擦一把从嘴角流淌的瓜蜜，心满意足地启程上路。这种历史的沉淀，使哈密的微风中多了几份往事的呢喃，多了几份丝路欲说还羞的故事，所以，哈密的风才有一种历史的温暖和甜蜜之感。

哈密的瓜是甜蜜的。哈密北靠寸草不生的火焰山，南临一望无际的库姆塔格沙漠，特殊的自然环境，使哈密具有夏季高温、空气干燥、雨水稀少、日照时间长、昼夜温差大的优越条件，是非常适合哈密瓜的生长环境。哈密瓜古称甘瓜，在哈密种植约有2 000多年的历史，故又为新疆甜瓜的总称。在新疆甜瓜中，又以哈密所产的味甜果大、皮薄瓤脆的瓜最为著名。多年以来新疆民众中流传的一句民谣就是"吐鲁番的葡萄，哈密的瓜，库尔勒的香梨顶呱呱。"但是哈密瓜出名，还与哈密瓜

作为向宫廷进贡的"贡瓜"有直接的关系。康熙三十七年（1698年），哈密一世回王额贝都拉向朝廷进献哈密瓜，康熙皇帝品尝后，赞不绝口，即命名此瓜为"哈密瓜"，从此，哈密瓜名扬天下。不仅哈密的瓜是甜的，哈密所产的大枣和葡萄都以甜香闻名于世。

哈密瓜好甜呀！在关中我们也尝过哈密瓜，但总是吃不出在哈密吃的香甜味道，这也许夹杂着地理与社会的复杂因素。我是一个糖尿病人，医嘱是不允许吃甜食的，但在哈密谁能抵挡住哈密瓜的强烈诱惑呢！当我战栗地拿起一小块哈密瓜时，一股甜腻的芳香立即扑鼻而来，这芳香带着库姆塔格沙漠的草香，带着天山雪峰的一丝冰凉，带着戈壁瀚海的野性张扬，浸入肺腑，使人欲食难休。吃一口哈密瓜，像打开了蜜汁的宝库，一股浓烈的甜味在舌上流淌，甜腻得人几乎可以打一个激灵。吃完瓜，嘴角、手上都流淌着黏稠甜香的瓜汁，几乎可以将双手黏住。所以，在哈密，有一个奇特的现象：每一个路边的瓜摊旁，都有一个用来洗手的水壶。在戈壁瀚海中水比金贵，瓜贩们之所以不惜成本购置水壶，那是因为黏稠的瓜汁使客人们无法离去。我们采访团的几个姑娘和小伙聚一团，嘻嘻哈哈地边吃哈密瓜边互相调笑，我静静地望着他们被哈密瓜的香甜浸满了的青春身影。那位电视台主持人姑娘，在阴凉的瓜棚下静静地吃着甜瓜，脸上挂满甜蜜的微笑。她一定在想念远方的恋人，因为在她俊俏的脸上泛起了一种被哈密瓜勾起的与恋人在一起的甜蜜。

哈密民族舞蹈

还有一种种植期过久的哈密瓜，会散发出酒香味，吃这种"醉瓜"会有一种酒醉的感觉。我们车队的几位司机师傅，大口大口地将瓜塞入口中，似乎想在此间陶醉一把"开车不喝酒"条例下久违的

"酒香"。望着他们被哈密瓜激起的强烈食欲和幸福场景,我的心融化了。

哈密的人更是甜美的。吃完晚饭,我坚持多年的习惯,去外边走一走,借以观赏一下夜幕降临下的哈密。哈密的街道是整洁的,路旁的鲜花吟唱着一天招摇的疲惫,静悄悄地低头叹息。远处弥漫着瓜香、花香聚合在一起浓郁的香味,挥之不去。一位维吾尔族姑娘从我身旁匆匆而过,她身上飘过的幽香令我神往。我仔细打量着这位身穿民族服装的维吾尔族少女,她穿着红底白花的维吾尔族套裙,将凹凸有致的曼妙身材张扬在夜色中的哈密街道上,俊美的脸庞上洋溢着幸福的流光,咯噔咯噔的皮鞋声,清脆地敲打着路面,像是在诉说青春的美好时光。路旁一对年轻夫妇在花荫下站在摩托车旁边窃窃私语,女人不时地将头靠在斜倚在摩托车边男人的身上,那种依恋像切开的哈密瓜一样,散发着幸福的甜香……

望着在甜香中渐渐睡去的哈密,我荡漾在她的幽香之中,享受这一份不曾遭遇的甜美安康。我想到了改革开放以来党的富民政策,才使我们的人民过上了蜜糖般的生活;建设丝绸之路经济带又会给哈密培植更加甜香的源泉。哈密瓜会更甜,哈密人会更美,哈密的明天一定会像在绿色的瓜田里成长的哈密瓜,灌满幸福甜蜜的浓浆!

哈密瓜田

吐鲁番的葡萄熟了

——2017丝绸之路品牌万里行纪实之十

在葡萄熟了的季节，2017丝绸之路品牌万里行采访团来到了号称"中国葡萄之乡"的吐鲁番。自然那一首脍炙人口的《吐鲁番的葡萄熟了》的歌曲在大家的心头飘荡，探寻爱情与葡萄之间神秘联系的冲动，在采访团的成员心中荡起了层层涟漪。

吐鲁番是盛产葡萄和爱情的地方！

"吐鲁番的葡萄，哈密的瓜，库尔勒的甜梨顶呱呱。"吐鲁番奇特的地理环境，使它成为中国的葡萄之乡。吐鲁番处于四面环山的吐鲁番盆地，北部的博格达山和西部的喀拉乌成山、南部的觉罗塔格山和北部的火焰山用四双手拥抱了吐鲁番盆地，使吐鲁番盆地成为四山之间一个娇嫩的姑娘，依偎在四座大山宽厚的胸膛之上。在火焰山之北和觉罗塔格山之南的梁山之间形成了一片绿洲，这就是吐鲁番。这种高山洼地的地理构造使吐鲁番空气燥热，夜短昼长，光照充分，号称中国的"火州"。

四山相拥，并不能自然形成草木茂盛的绿洲。感谢博格达峰的终年积雪，为吐鲁番提供了涓涓清流，孕育了吐鲁番的绿色生命。博格达山海拔5 445米，是天山山脉东段的著名高峰，峰顶积雪，终年不化，冰川积淀，银光闪烁，两山之间形成的"天池"凝聚了吐鲁番生命的源泉。雪峰和冰川之水汇成大河，冲下山谷，流入戈壁沙砾地带后，由于烈日蒸发和地表渗漏，只有很少一点水流到达下游绿洲。要完成自然生命向社会生命的转化，就需要用生命来换取生命。勤劳的吐鲁番人民，发挥他们的聪明才智，利用中原传入的坎儿井技术，将雪山之水通过坎儿井以地下潜流的形式把水源引流出来，形成一种新型"暗流引水"的浇灌方式。吐鲁番坎儿井密如蛛网，有一千多条，总长度超过5 000千米，为吐鲁番提供了源源不断的生命动力。而坎儿井技术是历史上陕西人创造发明的。汉代修筑陕西大荔的"龙首渠"时，引洛河水进行灌溉，但受到铁镰山的阻隔，于是人们想法凿井，深四十余丈，连续挖很多井，井下相通流水，使水在地底下流十多里，穿过铁镰山，这就是历史上最早的坎儿井。对此，《史记卷二十九·河渠书》有详细记载"临晋民愿穿洛，以溉重泉以东万余顷故卤地。诚得水，可令亩十石。于是为发卒万余人穿渠，自征引洛水至商颜山下。岸善崩，乃凿井，深者四十余丈。往往为井，井下相通行水。水颓以绝商颜，东至山岭十余里间。井渠之生自此始。穿渠得龙骨，故名曰龙首渠。"现在陕西大荔县一带还可以找到坎儿井的历史遗迹。后来这项技术随着丝绸之路传到新疆，又传到中亚西亚等地。今天伊朗亚兹德地区的坎儿井与新疆和陕西的坎儿井就存在着历史的逻辑关系。

　　有山有水，还需要有籽种，葡萄才会启根发苗。这棵嫩绿的葡萄苗又与丝绸之路有关。吐鲁番为古高昌国，地处丝绸之路的交通要道，它是中原通西域的必经之地。往东经伊吾（即哈密）与河西相通，往西北沿天山北侧可直达伊犁，向西南沿天山南麓可直达轮台、阿克苏。另外，往南穿过沙漠可到楼兰，与丝绸之路"南道"相通直达和田、疏勒（即喀什）。这种丝路交通枢纽的地位，使吐鲁番首先摘取了丝路贸易

吐鲁番火焰山通关仪式

的果实。波斯等地的商人带着香料、胡椒、宝石和骏马来到高昌城，又从这里带走中原的丝绸、瓷器、茶叶、纸、火药、印刷术。一颗幼小的种子开始在吐鲁番播种发芽，这就是葡萄的种子。史称张骞通西域引回葡萄的种子，开始在新疆等地试种。《册府元龟》中说：唐朝破了高昌国后，收集到马乳葡萄放到院中，并且得到了酿酒的技术。吐鲁番的史料进一步证实唐代名将侯君集征服高昌后，带回了那里的酿酒工艺。李世民对此十分高兴，略加改造，酿制了八种成色的名酒，朝廷官员品尝后，赞不绝口。这些都说明吐鲁番是我国种植葡萄最早的地区。吐鲁番的葡萄品质优良，特别是无核白葡萄，汁多、味美，晶莹鲜嫩，营养丰富，是葡萄中的珍品。吐鲁番广种葡萄，统计数据显示，吐鲁番地区葡萄产量占全国10%左右，而在新疆占比41%。吐鲁番几乎成为一个巨大的葡萄种植和展示园，尤其是美丽富饶的葡萄沟，以盛产葡萄闻名。沟内风光旖旎，景色秀美，引流的雪山之水横贯其间，八里长的沟内，种满了各色的葡萄。每逢夏季，葡萄沟内流水潺潺、绿树如荫、凉爽怡人，到处都是葡萄架，到处都挂着一串串金色的葡萄，弥漫着葡萄成熟的香味，使人几乎进入一个葡萄博览馆。

吐鲁番又是产生爱情的地方。

浓香的葡萄催生了爱情，而甜蜜的爱情又滋润着葡萄，这就是神秘的吐鲁番。隋朝的时候，丝路贸易带来了高昌的繁荣。高昌国王麴伯雅还史无前例地举办了一次"万商集会"。在这次集会上，外商云集，人们穿着华美的服装，拿着成袋的金币，说着不同的语言，穿梭在令人目不暇接的商品中。就连隋炀帝也被震动了，慕名来到这里，对高昌国的繁荣十分满意，几年之后，就把自己的女儿华容公主嫁给了麴伯雅。华容公主又称襄邑夫人，她协助麴伯雅维系与中原王朝的关系，不仅向唐朝进攻玉盘、狐裘等物，还不时向唐朝上报西域的消息，使得唐朝廷得以及时掌握西域的动态，受到了国人与朝廷的褒扬。

而由施光南谱曲、瞿琮填词创作的爱情歌曲《吐鲁番的葡萄熟了》正是讲述一对维吾尔族青年因为葡萄喜结良缘的爱情故事，传递出了爱国之情与纯洁爱情交织成的浓浓深情：克里木参军去到边哨，临行时种下了一棵葡萄。果园的姑娘阿娜尔罕，精心培育这绿色的小苗。引来了雪水把它浇灌，搭起藤架让阳光照耀。葡萄根儿扎根在沃土，长长蔓儿在心头缠绕。葡萄园几度春风秋雨，小苗儿已长得又壮又高。当枝头结满了果实的时候，传来克里木立功的喜报。姑娘遥望着雪山哨卡，捎去了一串串甜美的葡萄。吐鲁番的葡萄熟了，阿娜尔罕的心儿醉了。据说这首由著名歌唱家关牧村演唱的歌曲，风靡全国后不久，关牧村突然收到了一位陌生新疆姑娘的来信，信上说要谢谢关牧村挽救了她的爱情。原来，那真是一个名叫阿娜尔罕的维吾尔族姑娘发来的。她说，自己和歌里唱得很像。她的男朋友恰巧也叫克里木，也是一名边防战士。因为克里木一心驻守边防哨卡，老是回不了家，两人见不了面，阿娜尔罕一气之下就写信与克里木断绝了关系。后来，听了《吐鲁番的葡萄熟了》，被歌里忠于爱情的阿娜尔罕感动了，于是她主动写信给克里木，支持他守卫边疆。

这些演绎在丝绸之路上的爱情与葡萄的故事，将会永远被人们传扬。

一个陕西商人与丝绸之路的约会

——2017丝绸之路品牌万里行纪实之十一

2017丝绸之路品牌万里行车队风尘仆仆地来到了新疆的首府乌鲁木齐。

乌鲁木齐是新疆的首府和政治经济中心,也是丝绸之路在中国境内最后的驿站,在历史上又是陕西商人聚集的地区。进入清代后,山陕商人在新疆的活动范围有所区分,陕商主要经营从兰州到乌鲁木齐即古丝绸之路的"北官道"贸易,晋商主要从事从汉口经内蒙古到恰克图的"南官道"贸易。对此《新疆图志·商务志》有清晰的记载:清以后新疆的贸易形势是"其东自嘉峪关哈密为一路,秦、陇……商人多出焉,其东北自归绥趋蒙古为一路,燕晋商人多出焉。"而"自嘉峪关哈密为一路"正是丝绸之路在新疆的基本走向。因为丝绸之路经嘉峪关进入哈密后,分为南北两道,"左沿天山之南麓,迄西经吐鲁番、喀刺沙尔、库车、阿克苏折而南到叶儿羌为南路;右越天山到巴里坤,沿北麓而西过省城乌鲁木齐,自精河越塔尔奇为北路。"乌鲁木齐正处在北路的重要节点上。在这条古老的丝绸之路上，有一位陕西商人在新疆用了21年时间，足足行走了16万千米的路程，几乎把新疆丝路上的节点城市都跑遍了，几乎把丝绸之路能够经营的商品都经营遍了，几乎把丝绸之路能吃的苦都吃遍了，最后取得了经营的成功。这位商人就是清代陕西渭南商人赵俊瑞。

陕西人进入新疆的时间很早。在明代"列镇长城，恪守边墙"的边疆策略下，陕西商人的活动不逾嘉峪关。到清代以后，清统治者平息西北地区的各种叛乱，实行南北疆的统一，到乾隆年间随着准噶尔部的最后平定，将天山南北合称新疆，设"总统伊犁等处将军"派官任守治理，使西北边疆达到了空前的扩大与统一。这时戍守边疆的陕西军人，用乌鲁木齐的红泥土垒造军营，便将乌鲁木齐称为"红城子"，这就是乌鲁木齐最初的称谓。到民国十七年，国民政府将"红城子"命名为"迪化"，即启迪教化之意。新中国成立后，为了推行民族区域自治，实行民族平等，遂改迪化为维吾尔族语"乌鲁木齐"，这就是乌鲁木齐的由来。

清朝统一新疆后，实行移商实边的鼓励开发政策。如乾隆年间就"晓示商民有愿往者即给以印照"。为了方便行旅，还派兵专门在戈壁滩"酌建店房以便商贾往来栖宿"，并命令嘉峪关的关门"每日晨开酉闭，出关者听其前往，不得阻遏。"大量陕西商民赴新疆屯垦经商。同时，清军征剿西域时，令陕西、山西商人随军"馈粮千里，转谷百万，师行所至，则有随营商人奔走其后，军中牛酒之犒，筐筋之颁，声色百伎之娱乐，一切供取于商"谓之"赶大营"。大军退后，他们便留守当地，成立市廛，转化为流寓新疆的客商。这些陕西和外地客商与当地人民一起，共同努力推动了新疆商品经济的发展。乾隆三十七年陕甘总督文缓，奉命"出使西域"，他在给乾隆皇帝的报告中，对这一时期丝绸之路上新疆的商贸活动做了一个总结：他奉命出关，由哈密达巴里坤见"城关内外，烟户铺面，比栉而居，商贾毕集"；又西行至奇台"内地商贾，艺业民人，俱前往趁食，聚集不少，而该地屯田民人，生齿繁衍，扶老携幼，景象恬熙"；又西行至乌鲁木齐"天气和暖，地土肥美,营屯地亩,日以开辟,兵民众多,商贾辐辏";又西行昌吉"地肥水饶,商贾众多,计与乌鲁木齐相似。"清代西北疆域的拓展,民族市场的扩大,为陕西商人提供了更加广阔的活动舞台。

陕商赵俊瑞,就是在这种情况下来到新疆,沿着丝绸之路开展了他的商贸活动。

首先,他把新疆丝绸之路的节点城市几乎跑了个遍。赵俊瑞,陕西渭南人,25岁到新疆经商,前后凡21年。在这21年间,他不惧艰险,凭着一双脚板,走遍了丝路上的主要城镇。他六上阿克苏,四上叶尔羌,一上伊利,一上库车,二下肃州,二回陕西。其行程的直线距离是:从肃州到阿克苏是2 000千米,从阿克苏到叶尔羌是400千米,2 400千米×6＝164 000千米,即16.4万千米。就是说他在新疆的21年里,几乎每天都在走,而且是一个人孤独地上路。在茫茫瀚海戈壁,一个人头戴瓜皮帽,肩搭褡裢子,唱着秦腔,沿着古老的丝绸之路,伴随着漫天风沙,黄尘古道,长河落日,故垒啼乌,一脚高一脚低地几乎走遍了丝路上主要的工商城镇。这是何等的隐忍,何等的坚毅,又是何等的辉煌,充分表现了陕西商人在新疆从事商贸活动的坚韧不拔的精神。

乌鲁木齐通关仪式

其次，他在新疆将丝绸之路上能够经营的商品几乎都经营过。他经营的商品包括靴子、羊、瓷器、茶叶、绸子、棉花、官玉、杂货，包罗万象；经营形式包括长途贩运、开杂货铺、开饭铺子，多种多样，凡能赚钱的营生都涉猎了；经营结果就有赔有赚，但百折不挠，一次不利，再战，战而失利，又战，直至父子接力，永不回头。他前期（乾隆十二年—乾隆二十七年）主要在肃州、哈密、库车一带活动，乾隆二十七年返回家乡归来后，主要经营肃州到阿克苏、叶尔羌一路的商贸活动，贩贱鬻贵，取得了不错的经营成就。他在乾隆二十八年前，主要从事长途贩运，赚取从肃州到库车一线的差额利润；乾隆二十八年后，开始转变经营方式，实行住座贩卖与长途贩运兼营的双轨制模式，既在阿克苏、叶尔羌开店铺，又兼营从伊犁到肃州的棉花贩运，实行多元化经营，以赚取总体经济效益。同时，他的经营活动也得到了陕西乡党的帮助。乾隆二十八年，他在肃州变卖官玉，经营失败，"亏折了四五千两银子，还被告到官府，关回肃州"，这是他在新疆21年经营中最惨重的一次失败。在这最困难的时候，是"众亲友帮他还清了账，又帮他买了39匹骆驼，6月回阿克苏，驮了茶叶到叶尔羌"重整旗鼓，说明以陕西乡土亲缘关系为纽带的商帮，对商人经营的保驾护航作用和商人实行集团化经营的新兴形式。所以，乡缘是陕西商人永远无法隔断的精神纽带和心灵慰藉。他在新疆的21年经营中，乾隆二十七年他从家乡返回后是最大的转折点。在此以前，他在肃州、库车一带经营靴子，业务并没有太大起色，乾隆二十七年他返回家乡渭南，汲取经营力量，也带回了新的经营理念，开始走上大规模经营棉花、茶叶、瓷器的贩运道路，这不能不说是家乡给予他的精神支撑和物质后援起到了作用。赵俊瑞在新疆的经营活动尽管起起落落，跌宕起伏，但总体经济效益是明显的。他早年在肃州一次就买了15个骡子的驮脚，说明经营规模并不小；乾隆三十五年，他在肃州贩卖官玉，一次就买了1 300余斤，每斤价银4~6两，约合8 000两银子；乾隆三十九年又贩运39匹骆驼的茶叶到叶尔羌，以每头骆驼驮300斤计，也约合11 000余斤，生意规模实属不小；乾隆四十二年又贩运官玉4 200余斤，每斤价银取8两最高价计，约合33 000两银子。以一个人的力量进行如此规模的经营，反映了陕西商人博大劲直的经营气度，所以才取得了开杂货铺、开饭铺、开驼行，还买了两所房子的经营效益。一个商人一生有如此之能量，实在令人叹为观止。这将陕西商人不惧艰险、强毅果敢的精神风貌表现得淋漓尽致。

其三，他在新疆的21年间，几乎尝遍了丝路商业经营的各种苦难。市场是风云变幻、起落难测的高风险领域，赵均瑞在新疆的商业经营活动也是跌宕起伏。但他硬是坚韧不拔、百折不回，直至取得经营的成功，充分表现了陕西人倔犟不屈的性格。他在库车经营靴子不爽，返回家乡汲取经验，走上贩卖茶叶、棉花和玉石的道路，结果在肃州贩卖玉石"亏折了本钱，拖欠人家四五千两银子"仍不为所动，二次再回肃州贩卖玉石，规模比上一次更大，而且还叫上儿子，父业子承，誓将经营进行到底。这种不惧艰险、百折不回的开拓创业精神，保证了他经营的成功。综观赵俊瑞在新疆的21年经营实践，基本上都是赚钱的。如，乾隆二十七年，他到肃州买了15个骡子驮脚到阿克苏贩卖；乾隆二十九年，买了些粗瓷器、绸子、茶叶到阿克苏贩卖；乾隆三十年，买了些棉花到伊利去卖；乾隆三十四年，由哈密到叶尔羌贩货；乾隆三十九年，贩了39匹骆驼的货，回阿克苏转卖，又驮了茶叶到叶尔羌；乾隆四十年，从阿克苏买了些货，贩回叶尔羌，都是赚钱的；开了杂货铺、饭铺、驼行，还买了房子。这说明明清时期丝绸之路的贸易还在进行，在丝路上奔波的商人依然是有钱可赚的，丝绸之路的经济效益依然十分明显。

一滴水可以见太阳。一个人的命运可以折射出一个时代。陕商赵俊瑞在新疆的经商活动，充分说明了丝绸之路是一条致富之路，只要按照丝路沿线各地的需求组织供应，适时营销，就能够赚钱发财；同时也充分说明丝绸之路是一条布满艰辛与苦难的奋斗之路，只有那些在丝绸之路上不畏艰险、吃苦耐劳、善于经营的人，才能够取得最后的成功。

霍尔果斯的白杨树

——2017丝绸之路品牌万里行纪实之十二

秋风萧瑟,繁星满天,2017丝绸之路品牌万里行车队披着晨曦,离开乌鲁木齐,开始了向北疆霍尔果斯的征程。

由于时差,清晨中的北疆是朦胧的,一片灰蒙蒙的,天地混沌一色,分不清什么。随着初秋的太阳慢慢喷薄在东方,一片辽阔的大地展现在人们眼前,就像达坂城的姑娘羞涩地撩起了她的面纱。哦!北疆,不像南疆那么空阔和充满了原生态的野性,北疆是绿色的、是温柔的,充满了从一望无际田野里散发出来的成熟气息。

首先映入眼帘的是一排排笔直的一人合抱的白杨树。他们像整齐的士兵,挺胸抬头,枝干笔挺,宽大的叶子也是片片向上,永不低头,淡青色的皮泛着银白色的晕辉,倔强地阻挡着来自戈壁瀚海的沙尘暴,保护着身后一片绿色天地。

望着一排排整齐的白杨树,我在思索它们的年轮里会记载着什么样的历史沧桑，会告诉我们什么样的动人故事。

这白杨树最核心的年轮，凝聚着历史的斑驳。霍尔果斯历史悠久，远在隋唐时，是古代丝绸之路北道上的重要

霍尔果斯出关仪式

驿站和一颗璀璨的明珠。元代，这里被蒙古人征服，因有一条常年流淌不息的霍尔果斯河，便被命名为"霍尔果斯"，即蒙语"驼队经过的地方"。这里来往着中国与中亚西亚无尽的驼队，承载着丝绸之路的千年沧桑。戈壁大漠中悠然的驼铃，陪伴着白杨树的年轮，走过了一年又一年。清代平定准格尔部后，在伊犁设"伊犁将军衙门"，这里是伊犁索伦营驻防的6座卡伦之一。同治年间，中俄划界后，成为边境哨卡，旧称尼堪卡。《新疆图志》载："尼堪卡伦，在河之东岸。"成为历史上最早的自由贸易区。通过古老的丝绸之路北线，中国的丝绸、茶叶在这里汇聚，来自俄国的皮毛、棉花和金银首饰在这里与中国产品交换，使霍城烟火稠密，人声杂沓，驼铃叮当，商贾络绎。1851年，中俄两国签订《伊犁塔尔巴哈台通商章程》后，霍尔果斯被指定为中俄通商通道之一，霍尔果斯也从尼堪卡的边卡正式成为通向俄罗斯的通关口岸，成为中俄商人过往的驿站。这一切，都在白杨树的身上刻下了深深的年轮。只要看一看霍尔果斯城里随处可见的百年以上的白杨树，在它枝繁叶茂树下成荫的身影中，你可以抚摸到那一段历史的苍黄，隐隐约约听到由白杨树年轮演唱的充满百年忧伤的古老歌谣。

白杨树中这一段带血的年轮，向你诉说着兵团战士的丰功伟业。解放初期，为了新疆的安定和团结、和平与发展，10万大军屯垦新疆。这支从井冈山一路冲杀而来的大漠雄狮，把青山碧水、耕地沃野让给人

民，他们汇成一条条绿色洪流，沿古丝绸之路，将北疆古尔班通古特和南疆塔克拉玛干两大沙漠团团围住，向西方探险家惊呼"除了上帝，谁都无法在这里生存"的不毛之地展开历史性挑战。白杨树的年轮告诉你，大漠月夜，一条绳子串起来的军队在大漠上行进。他们衣衫破烂，肩头染红，手脚上全是伤痕和血泡；他们脸色漆黑，肤色漆黑，眼前更是一片漆黑；他们却扯着嘶哑的嗓子齐声高吼："向前！向前！向前！我们的队伍向太阳，脚踏着祖国的大地……"白杨树的年轮告诉你，这支有着英雄史绩的军队，如何在茫茫戈壁滩犁开了第一道农耕的辙印；如何在杳无人烟的茫茫大漠，升起了地窝子的缕缕炊烟；如何在沙漠之中开始了中国军人铸剑为犁的历史征程。他们一干就是半个多世纪，献了青春献儿孙，终于使沧海变桑田，沙漠成绿洲。他们挥舞着"屯垦""戍边"的两大旗帜，在茫茫戈壁开垦了106万公顷耕地，修建了10多千米的灌溉渠道和3 200多项灌溉工程，棉花出口总量占全国的50%，粮食产量占新疆的19.9%、油料的产量占新疆的30%，书写了新疆历史上无比壮丽的一页。

白杨树中最年轻的年轮，更记载着霍尔果斯翻天覆地的变革。党中央提出建设丝绸之路经济带的倡议以来，霍尔果斯因其特殊的历史地位，逐渐成为丝路经济带建设的核心区域和中国链接中亚细亚国家的通商口岸。今天的霍尔果斯，是中国西部历史上最长、综合运量最大、自然环境最好、功能最为齐全的国家一类陆路公路口岸，是"中国西部唯一跨境自由贸易区""中国西部唯一综合运量最大的一类公路口岸""中国西部唯一的离岸金融试点区"。同时，霍尔果斯市已经成为以商贸、购物、旅游、产品加工和货物中转为主的边境陆路中转城市，成为集贸易、加工、仓储、旅游、市政为一体新疆面向中亚和欧洲开放的对外贸易区，是中国通向欧洲和全世界的重要窗口。

白杨树的年轮告诉你，一个边陲小镇，如何竖起了一座座塔吊，成为中国通向欧亚的重要物质集散地；白杨树的年轮告诉你，当年驼铃摇曳的地方，一列列中国的国际列车如何呼啸而过，承载着中国的商品和中国人民的友情，奔向阿克木图、莫斯科和阿姆斯特丹；白杨树的年轮告诉你，霍尔果斯耸立的国门、界碑，是中华人民共和国主权的象征，国门上醒目的"中国"二字和精致的国徽，像是在庄严地宣示中国建设丝绸之路经济带的"中国智慧""中国主张"和"中国梦想"！

　　七十多年前，茅盾曾经写过一篇百世流芳的《白杨礼赞》，其中有一段话激励了几代中国青年，我引用它作为本文的结束："这就是白杨树，西北极普通的一种树，然而绝不是平凡的树……当你在积雪初融的高原上走过，看见平坦的大地上傲然挺立这么一株或一排白杨树，难道你觉得树只是树，难道你就不想到它的朴质，严肃，坚强不屈，至少也象征了北方的农民；难道你竟一点也不联想到，在敌后的广大土地上，到处有坚强不屈，就像这白杨树一样傲然挺立的守卫他们家乡的哨兵！难道你又不更远一点想到这样枝枝叶叶靠紧团结，力求上进的白杨树，宛然象征了今天在华北平原纵横决荡用血写出新中国历史的那种精神和意志。"

霍尔果斯女骑警

纪 \ 实 \ 篇

阿拉木图的苹果熟了

——2017丝绸之路品牌万里行纪实之十三

马克思说过,人类生活的历史形式一般要进行两次。第一次是悲剧,第二次就一定是喜剧。我与阿拉木图的际遇,就验证了马克思的这句话。

2016年到阿拉木图就带有悲剧的色彩。我们2016丝绸之路品牌万里行采访团,由于签证的原因,需由乌鲁木齐转机阿拉木图飞往印度新德里。在乌鲁木齐上飞机的时候,天空就阴沉沉的,到了哈萨克斯坦境内就遭遇了漫天大雪。飞机在大片的雪花云中颠簸而行,脚下的阿拉木图机场已经是白茫茫一片,分不清天与地。我佩服我们东方航空公司机长的驾驶水平,当晚11点左右我们的航班安全降落在机场。走下飞机,机场一片银装素裹,脚下的积雪足足有一尺多深,我们身着单衣,低一脚高一脚狼狈地来到了候机大厅,等待转机。

我们的苦难由此拉开了它的帷幕。当天晚上阿拉木图机场的气温是-26℃,而我们必须在机场等到第二天早上七点才能上飞机。-26℃,

8个小时的等待,有一种进入地狱的感觉。我们临行时并没有带防寒的衣物,没想到哈萨克斯坦以他严酷的面貌接待了我们。在候机大厅,我们冻得哆嗦,看着当地的旅客穿着厚厚的貂皮大衣,我们羡慕极了。大家将能够御寒的衣物不管三七二十一都慌乱地裹在自己身上,其颜色之杂乱、服饰之混搭,像是一群从阿拉斯加来的狩猎人。难怪大厅里的旅客,像欣赏中世纪的怪物一般打量着我们。倒是阿拉木图机场姑娘们婀娜的身姿给我们平添了几分寒冷中的暖色,尤其是在-26℃的严寒中,她们身着超短裙,让优美的身躯在天寒地冻中放射出青春靓丽的光彩,陪伴我们度过了那一夜的寒冷。"秀色可暖也",我至今都忘不了她们散发着青春的身影。等我们飞到新德里,已经是阳光明媚,印度机场的地面温度是26℃,正好与阿拉木图天壤之别,这或许是上天充满幽默感的刻意安排。当我们穿得像中世纪的武士走向机场门口时,穿着靓丽的薄如蝉翼纱丽的印度姑娘,好奇地打量着我们,像在观赏一群从西伯利亚丛林中走出的怪兽……这就是我的第一次阿拉木图之旅,充满了悲剧的气氛。

今年,我们2017丝绸之路品牌万里行车队,在无垠的秋色中,穿越了哈萨克斯坦的中亚草原。秋色中的中亚草原,美得让人屏住了呼吸。她以草原姿色的多样性,给我们演出了一场中亚草原景色妩媚的芭蕾舞。这里有绿茵无涯的丰草草原,一眼望不到边的绿色,草丰水美,牛羊成群。一匹体格强壮的大宛马,在水边低头饮水,不时仰起脖子,面向落日中的斜阳发出几声呜咽般的嘶鸣,鸣叫声向天边飘荡得格外辽远,使草原充满着无限活力。这里有绿如地毯般的浅草草原,其水

阿拉木图风光

草程度虽没有丰草草原那么肥美，但低草依然在秋风中阵阵起伏，像是在跳着快乐的舞蹈。远处牧童骑着马，放牧着一群土黄色的牛，夕阳在牧童的鞭梢点缀了一点金黄的亮点，使他像是在挥舞天使的魔杖，更增添了草原的静谧。这里有空阔的丘陵荒原，一望无涯的沙丘，一改前面的妩媚，以一种苍狼的狰狞裸露在人们面前，当夕阳将天边染得血红时，荒原伴随着几声鸿雁的哀鸣，在暮色中更显得凄凉和苍冷。

来到阿拉木图，这个哈萨克斯坦昔日的首都。我无心去感受她优美的园林街景，无心去感受街旁浅树林中幽暗酒吧中传出的萨克斯管具有异域风情的低鸣，无心去感受街边花园里妙龄青年亲密相拥的靓影，我急切地想知道我们陕西的苹果在阿拉木图的命运。

由于天山和外阿赖山的雪水灌溉，阿拉木图土地肥沃，除了生产谷物外，大部分地方已开辟为果园，城市南郊漫山遍野都是果园，其中苹果园最多，因此，阿拉木图有"苹果之城"的美誉，"阿拉木图"在哈萨克语中就是"苹果城"的意思。自从党中央提出建设丝绸之路经济带倡议以来，陕西与丝路沿线的兰州、银川、乌鲁木齐，以及哈萨克斯坦陕西村、阿斯塔纳、阿拉木图携手联合形成了一条蔚为壮观的"丝绸之路苹果产业经济合作带"，特别是2016年10月，陕西与阿拉木图签订了《中哈友谊苹果园（阿拉木图）合作建设谅解备忘录》。这个中哈友谊苹果园建设面积为1 000亩，选址在阿拉木图州卡斯克连区，将利用国际先进的矮砧密植生产模式，按照有机食品的标准生产面向哈萨克国内市场的高端苹果。来自欧洲和中亚地区的苹果，在中国的栽培记录可追溯至2 000余年前西汉时期，并在陕西创造了辉煌的业绩。目前，陕西是"丝绸之

阿拉木图风情

阿拉木图的苹果熟了

路"沿途重要的苹果优产区，也是全球苹果集中种植最大的区域，截至2014年底，陕西的苹果种植面积位居全国第一，产量占全国四分之一和世界的七分之一，是中国第一苹果大省。凭借建设丝绸之路经济带的天赐良机，陕西苹果与阿拉木图苹果喜结良缘，两国共建"友谊苹果园"，成为近年陕西苹果频频西进的一个成功案例。

来到"中哈友谊苹果园"，苹果的飘香让我们心都醉了。展望不到边的苹果园，树枝上挂满了累累的苹果。这苹果既有中国陕西苹果酸爽香甜的味道，又有阿拉木图苹果甜绵香软的滋味。压弯枝头的苹果，既有像陕西女子健康大方的笑脸，又有像哈萨克女郎羞涩婀娜的倩影。中哈的苹果联姻，结出了丰硕的成果，这种象征着中哈友谊的号称"阿尔波特"的优质苹果，正在把祝福传递给丝路上每一对新娘新郎，正在把幸福传递给丝路上每一个睡梦中的婴孩儿郎，正在把祈祷奉献给丝路上每一位烛光中的年老爹娘！

阿拉木图的苹果熟了，我的心也醉了……

丝路上抹不去的乡愁

——2017丝绸之路品牌万里行纪实之十四

乡愁是什么？乡愁是外婆轻声吟唱的一首摇篮曲，是家乡一碗热腾腾的羊肉泡，是异国他乡一声"老哥"的蓦然回响，是在荒原上慷慨悲歌高亢嘹亮的一嗓秦腔。行走丝路，总有一份乡愁让你牵挂，总有一些乡党让你不得不去拜访，这就是丝路上哈萨克斯坦的陕西村老乡！

当我们来到阿拉木图郊区的陕西村时，受到中哈友谊协会会长乡党马萨诺夫的热情款待。

面带笑容心里苦，紧握双手泪花流。

身在异国心在汉，万里乡关几多愁。

这个曾经被历史遗忘的民族，在漫长的历史等待中送走了许多盼望的春秋。2009年当陕西师范大学王国杰教授找到他们时，他们拉着王教授的手，询问："你得是从大清国来的？""左宗棠还在不在？"包含了多少历史的凄楚和岁月的沧桑！老族长白彦虎临终前说的一句话永远铭刻在东干儿女的心上："你们一定要回去,回到西安,在西安西门的门环上敲三下,说声回来了,就是我回来了。"东干族诗人大吴说,"百年来,我们就像离群的羊,不知何日才能回到大羊群里去。"1991年10月当第七任陕西村村长小黑,抚摸着西安西门的门环,轻轻地敲了三下,口中喃喃地说:"曾祖父、祖父、父亲:我回来了!"在场的人莫不泪流满面。从此,一个被历史遗忘的民族回到了祖国的怀抱,你来我往,他们不断派后人回祖国寻访亲戚,我们一次次到他们这里探望。感恩饱经风霜的祖国母亲,以慈爱宽厚的心怀接纳包容了倔强的儿女。

紧紧拉住乡党的手,多少话儿说不够。

来到马萨诺夫的庭院,一股浓浓的乡情扑面而来。基本上保持的前厅房、后院墙的关中四合院形制,使你几乎忘却了身在他国异乡,一杯散发着浓香的热茶端上来,保持着陕西人特有的"来客先敬茶"的厚重传统,满桌的水果瓜蔬,点心吃食,表现了主人好客的心怀。院子收拾得窗明几净,一尘不染,表现了陕西人"黎明即起,洒扫庭除"的生活习俗。后院的四季瓜果,花卉绽放,表现了陕西人特有的生活情趣。一切都保留着陕西古朴纯正的生活形态。这里时空几乎是被凝固住了,仿佛回到了久别的故乡。马萨诺夫告诉我们,他们这个村子不大,四五十户人家,都是陕西人,都姓马。看到蜂拥的乡党,我们的心在被融化;看到院子里玩耍的马萨诺夫的侄子和侄孙女,一种世代罔替的光明在我心头散发着涟漪般的暖流。

看到我们的车队,陕西村的老乡们眼中闪动着激动的泪花;拉住我们的手嘘寒问暖;看到在丝路上饱经风霜的乡党,我们感触万端,关切他们的生活他们的发展。当马萨诺夫谈到他将带领一个东干人代表团,回国投资,置身丝路经济带的建设,院子里荡漾着欢乐的笑声。

送君千里远,长亭更短亭。

当我们车队离开陕西村时,乡党们站在大路旁,挥手致意,款款深情。望着他们渐渐远去的身影,一抹乡愁又不可遏制地飞升在了心头……

静静的巴尔喀什湖

——2017丝绸之路品牌万里行纪实之十五

2017丝绸之路品牌万里行车队离开阿拉木图，在广袤的哈萨克草原上狂奔。丝路古道两边，青天白云，草原辽阔。茫茫草原不断变换着她的颜色，给人增添了几分神秘的色彩。一会儿它是翠绿色的，水肥草美，牛儿在秋日的阳光下缓慢地咀嚼着最后的秋黄，享受着秋天丰硕的果实；一会儿它是青黄色的，黛青色的草根下多了几丝枯黄，草原在青黄之间显示着苍茫和空阔，马群在即将坠落的夕阳下，奋蹄奔腾，蹄下卷起的阵阵烟尘使人想起进攻中的军团，在夕阳下彰显着一股雄浑和悲壮的气息；一会儿它是金黄色的，天边最后的晚霞，给草原染上了一头金发，远处看去，好像是麦浪在低声吟唱，一群乳白色的羊在草原上蠕动，小羊不时发出呼唤母羊的叫声，稚嫩而甜蜜，使草原充满着母爱般温馨的光芒。当夜幕完全降临在草原，繁星点点，几声狗吠，传得分外辽远，草原在它原始的野性里，彰显着秋天里的悲凉。

在夜色中，我们车队来到了巴尔喀什湖！

巴尔喀什湖位于中亚中部，是一个内陆冰川堰塞湖。湖区狭长，横跨经度较大，是世界第四长湖。其水源主要来自于中国的伊犁河，伊犁河穿过悠长的伊犁河峡谷，从南面注入巴尔喀什湖，占到湖水流入总量90%。由于湖水的西部不断得到淡水的补充，含盐量低。而湖东部因缺少河流注入，湖水大量蒸发，使湖水含盐量增多，因而形成了"西淡东咸"一湖两水的奇特景观。

巴尔喀什湖聚集了一泓像海一样大的湖水，我们车队仅从湖面的东边跑到西边，就足足用了10多个小时，在夜色中你很难想象巴尔喀什湖博大的胸怀。第二天清晨，在晨雾中，我来到了巴尔喀什湖畔，突然，一望无际的水面展现在我的眼前，就像一位熟睡中的裸体妇人，稍带羞涩地将滑腻的躯体任晨雾轻轻地抚摸，万顷波涛平静得没有任何涟漪，四周寂静得如同一根羽毛轻轻地滑落在水面，湖水略带挑逗地缓缓拍打着岸边的礁石，发出"泼、泼"的声息，像是在晨曦中拍打着呢喃的婴儿。

我忽然明白了，哈萨克草原为何充满了勃勃生机！就是有一泓千顷湖水滋润灌溉着茫茫的草原，湖水浸透的深浅和波及的距离，从而使草原呈现出青绿、浅绿和枯黄的不同颜色的变化。湖水是草原的母亲和生命的源泉，草原是湖水的儿子和生命的延展。

饮水思源，顺着巴尔喀什湖我的思路沿着伊犁河谷缓缓前行，这个世界第四大长湖百分之九十的水，都来自中国伊犁河水的供应，我不得不陷

草原上的大宛马

入了苦痛的沉思之中。

　　西汉时期，在巴尔喀什湖以东、以南的广大地区，就设有汉朝政府的西域都护府，管辖着生活在这里的乌孙、大宛等边外民族。唐以后，在这里还设有安西都护府。唐天宝十年，由高仙芝和李嗣业率领的唐军在中亚被阿拉伯联军歼灭，唐朝在西域的势力才逐渐消失，该地陷入失控的局面。直到1759年（清乾隆二十四年），大小和卓兵败西逃被杀后，清朝政府再次正式接管这一区域，于1762年设立伊犁将军，对这一地区进行管理。18世纪中叶，沙俄开始入侵哈萨克草原和原属伊犁将军管辖的巴尔喀什湖以东、以南广大地区，并通过迫使清政府签订《中俄北京条约》和《中俄勘分西北界约记》，将中国西境巴尔喀什湖连同周围广大地区，共达44万多平方千米的领土划归俄国所有。1991年，苏联解体后，该湖变成哈萨克斯坦领土。

　　我愕然了，原来从霍尔果斯口岸出国，我们驱车走了两天两夜，基本上走在曾经是自己的土地之上。严格意义上说，从巴尔喀什湖以西，才真正踏上了历史上俄国的土地。我不得不承认我走在丝绸之路上复杂的思绪，我不得不承认沿着巴尔喀什湖我分明听到了伊犁河在哀怨地哭泣，像是在诉说百年的委屈和悲痛，像是在默默地展示着百年前祖国母亲的千疮百孔！

　　抚摸历史，血泪斑斑；走在丝路，悲喜交感。唯愿祖国强大，唯愿往事再不复返！

巴尔喀什湖

阿斯塔纳随想曲

——2017丝绸之路品牌万里行纪实之十六

2017丝绸之路品牌万里行车队驶进了"建设丝绸之路经济带"倡议的发生地——哈萨克斯坦的首都阿斯塔纳（2019年3月20日，更名为努尔苏丹）。2013年9月，习近平主席首访哈萨克斯坦，并在纳扎尔巴耶夫大学发表题为《弘扬人民友谊、共创美好未来》的演讲，第一次系统地阐述了"共建丝绸之路经济带"的伟大倡议。

因此，对于丝绸之路万里行采访团来说，阿斯塔纳是非来不可的地方。

这个哈萨克斯坦年轻的共和国首都，在晚霞满天的暮色中，接纳了我们这个在苍茫草原奔驰了一整天疲惫的车队，并肆无忌惮地向我们炫耀她的美丽。这个明珠般的城市，以其璀璨的夜色照亮了空阔浩大的哈萨克草原，给沉寂的草原涂抹了一缕现代化的亮光。灯光灿烂的大道，将整个城市照耀得灯火通明，使你几乎不敢相信在苍茫的草原上还会有如此博大的被灯火燃烧的现代都市。大帐篷的总统府，向天伞般覆盖着苍穹，同时又展示了游牧民族特有的绮丽风情；被白炽灯装扮的冰雕玉砌的大清真寺；肃穆庄严，表明了哈萨克人精神信仰的神圣；耸入云霄的自由之塔，展示了一个前进中民族的精神诉求。对于几天来被哈萨克人慢节奏所折磨的我们来说，无论如何都不敢相信眼前竟有如此的璀璨。

沉寂的草原与光明的都市同在，现代与传统默然相伴，这正是发展中国家特有的自然与社会底色，哈萨克斯坦也不例外。这个号称世界占地第六大的国家，1997年将首都从阿拉木图搬到阿斯塔纳，为的是避免地震灾害和举办大型世界级会议以便获得更大的发展空间。它把国家的经济、文化和科技中心留在了阿拉木图，而把政治中心先行赋予了年轻的阿斯塔纳，表现了哈萨克人追赶现代化的急切心情。在一片旷野中兴建一座现代化的都城，对一个仅有1 600万人，却有数十亿桶石油和天然气存量的国家来说，也许并不是一件难事，很快这座荒原明珠般的城市便拔地而起。

清晨，我站在刚从睡梦中醒来的阿斯塔纳街头，让从草原吹来的凛冽的寒风，清醒一下疲惫的身躯。这个有着一望无际草原的国家，晨

阿斯塔纳风景

风中都夹杂着草原的清香和奶茶的芬芳，浸入肺腑，使人不得不为这个巨大的天然氧吧所赞叹。当我深深地吸了几口清爽的充满氧原子的空气后，我不得不承认生活在这里的人们是幸福的，甚至都不忍心让现代化破坏这一份也许是世界上再也不多的草原风光。街头几名清洁工人正在晨风中空荡的街道上洒扫，认真而悠闲，不紧不慢地挥动着手中的扫把，几乎看不见有什么灰尘。几位老人穿着运动装，带着雪白的手套，在晨风中坚守着他们晨练的习惯，一路慢跑，身上洋溢着年轻人才有的活力。几位年轻的哈萨克姑娘静静地从街头走过，虽然已经是一身冬装，但依然掩饰不住她们青春靓丽的身材和香甜姣好的容貌。我相信，只有这无垠的绿色，才能孕育如此俊俏靓丽的身姿，才能给她们原本俊美的脸庞涂抹上一层幸福的红晕和羞涩的青春之光。因为，唯有了绿色，拒绝了枯黄、拒绝了干燥和冷若冰霜。绿色原野蕴含的美容液是女人们最好的护肤霜。

一辆装载着由中国徐工集团所生产大铲车的大型运输车，从我身旁呼啸而过，使我感受到寒风中携带着的浓浓的丝路信息。自从2013年习近平总书记在哈萨克斯坦提出建设丝绸之路经济带伟大倡议以来，哈萨克斯坦是第一个接受这份"兄弟心意"的友好邻邦，中哈之间的经贸往来与日俱进，太多的中国品牌产品进入了哈萨克斯坦人民的生活。我们沿途看到在茫茫草原上奔驰的中国BYD汽车、陕西载重汽车，在载重汽车上装载的中国铲车；路边餐饮店装配着"美的"空调；路旁加油站立着醒目的"中国石油"标识；就是在餐馆的餐桌上，也赫然摆放着中国搪瓷制作的茶壶，美丽的哈萨克姑娘正用它招待着远方的客人……

这些都说明中国提出的建设丝绸之路经济带倡议得到了中亚细亚国家人民的认可与欢迎。这与2014年11月，哈萨克斯坦纳扎尔巴耶夫总统宣布实施"光明大道"新经济政策有着遥相呼应的亲密关系。

一唱雄鸡天下白。当第一缕曙光开始照亮这座现代化城市时，整个阿斯塔纳又开始了新的沸腾……

纪 / 实 / 篇

丝绸之路上,你会有多少感慨

——2017丝绸之路品牌万里行纪实之十七

丝绸之路作为沟通欧亚大陆的交通大动脉,确实起到了物资和人员空间移动的作用。这可以从我们由西安到哈萨克斯坦边境科斯塔奈市五千里路云和月的行程得到证明。

丝绸之路就是一条路。走在这条路上的我们2017丝绸之路品牌万里行自驾车队,由16辆崭新的国产品牌BYD汽车组成。当我们从西安出发,一路风尘仆仆奔上丝绸之路的时候,在国内从西安到中哈边境的霍尔果斯,两千余里清一色的八车道高速公路,大道在前,任凭驰骋,我们的车队风驰电掣欢快地奔走在宽敞的大道上。一路欢畅,一路疾行。一路听到的只是车轮摩擦地面发出"沙沙"的爽畅声响。16辆车,头尾相连,排起来足足有一里路长,蔚为壮观,显示了中国强劲的经济实力和一往无前的精神风貌。就连我们的BYD汽车都显得那么精神,那么听话,以其"中国速度"让我们享受着空间位置移动所提供的快感,体验

"速度产生美"的美学定律。

进入哈萨克斯坦后,道路变得崎岖难行。三千里的哈萨克斯坦行程,竟然没有一条修好的高速公路,只有颠簸不平的柏油路和尘土飞扬的

在凸凹不平的道路上行进的车队

石子路,表现出一个发展中国家交通设施落后的本色面貌。我们的车队在凸凹不平的公路上艰难爬行,车轮与地面咬合发出的尖利撞击声,一次次让人惊魂不定。我们的BYD汽车也显得很不情愿,一次次刹车显示的红色尾灯表现了它们极不耐烦的烦躁情绪。好几辆汽车的车前玻璃被车轮抛起的石子打破穿孔,像一个个受伤的骑士。交通运输速度是国民经济发展的显性指标。公路建设的等级和质量可以明显反映出一个国家经济发展的程度。所以,虽然哈萨克斯坦国土辽阔,但其国家交通运输的发展程度还停留在我国20世纪90年代的水平。这些说明了丝绸之路是一条崎岖漫长的"路"。走在这条路上,必须要有"路漫漫其修远兮,吾将上下而求索"的坚韧决心和耐得住颠簸的意志操守。

丝绸之路还是一条人走的路。走在路上的人,随着道路的延伸,心情与心态也会有不同的变化。我们车队的驾驶员都是久经考验的好车手,BYD汽车在他们的驯服下变得服服帖帖,像奋蹄奔腾的骏马,人车合一,得心应手,显示了国产名牌汽车的良好性能和优良品质。我所乘坐的14号车,车手是BYD公司特派的汽车技师小曾。小伙子是个22岁的年轻人,驾驶技术好得不得了,汽车在他手里像驯服的羔羊,我坐在他的车上,从不用担心什么,只需要默默地想着自己的心事就一切安好了。在行进中,我们的前导车和领车队长不断发出"全车注意,车队提速""车队注意,提速前行"的命令。这是我五千里丝路行程中最爱听

到的行车指令。每每听到这些指令，总有一种抑制不住的悸动和亢奋的心情在升腾。因为"车队提速""提速前行"，这不正是我国四十年来改革开放发展历程的真实写照吗！改革开放以来的四十年，我们国家在党中央的正确领导下，促使国民经济不断"提速前行"，用比较短的时间，就把一个贫穷落后的中国改造成了富裕强盛的中国，并成为世界瞩目的第二大经济体。四十年来，我们演绎了动人的"中国故事"，创造了震惊世界的"中国奇迹"和"中国速度"。而且，这种"提速前行"令我激动还有另一层原因，就是它表达了我们盼望当前中国经济能够走出经济下滑和滞后性发展的艰难局面，走上"提速前行"发展道路。一个有14亿人口、各地经济发展很不平衡的发展中国家，如果经济不"提速前行"，每年所产生的两千多万失业人口就会对社会形成巨大的压力，就会影响我们改革开放以来好不容易形成的稳定发展局面。我相信，党的十九大一定会发出"全国注意，经济提速""世界注意，中国提速"的指令，引导中国经济提速发展并为世界经济走出低迷发挥发动机的引领作用。

驱车在漫长的丝路上，行进过程是单调和枯燥的。美国电影《车队》里有一段精彩的对白使我不能忘怀："这又长又冷清的公路，把我们的心都碾碎了！"或许是旅程的寂寞，或许是驾驶名牌汽车的豪情，或许是被路旁的景色所触动，我们车队的小伙子突然放声高歌，歌声从每辆车的行车传声器里飘荡过来，震动着人们的心灵，我们为之振奋，大家和声而歌，把中国豪情和中国自信用歌声表达了出来。也许这种举动，触动了我们特聘的哈萨克籍助驾，一位年轻的哈萨克朋友用富有磁性的嗓音唱出了苏联歌曲《喀秋莎》，"喀秋莎站在峻峭的岸上，歌声好像明媚的春光"，这种用母语演唱的原生态歌声，被歌者以慢四拍的韵律缓慢地演唱着，歌声里夹杂着淡淡的忧伤，我听得潸然泪下。面对着眼前哈萨克东部原野里金色的大地和一望无际摇曳着丰收的麦浪，面对着正在繁忙收获的收割机，面对着不时从眼前闪过的高大谷仓，这里曾经是社会主义的丰收景象，可是……面对此情此景，伴随着凄楚的歌声,我听懂了歌者的忧伤。听到这里,伴随着那一首充满忧伤的苏联歌曲"冰雪覆盖着伏尔加河,冰河上跑着三套车,有人在唱着忧郁的歌……"已经使我泪流满面。所以,丝绸之路作为通向欧亚的"路",不仅承载着欢笑、承载着成功、承载着喜悦,也承载着忧伤!这就是"月有阴晴圆缺,人有悲欢离合"的丝绸之路!

丝绸之路更是众人都在走的路,它充满了绮丽的景色和令人难以忘怀的感动。进入哈萨克斯坦的几天来,我们每每受到沿路哈萨克斯坦人民的欢迎,都使我兴奋不已。当我们的车队威风自信地向前疾驶时,路旁总有不少哈萨克朋友向我们招手致意,或者竖着大拇指向我们叫好。有的驾驶着载重汽车的哈萨克司机,见到我们还常常不停地按动喇叭,表示对我们的欢迎之情。暮色中,当我们的车队驶进科斯塔奈市时,几位在路旁等车的俊俏的哈萨克姑娘,不断地向我们挥手致意,脸上流露着惊喜与欢迎的神情,像昏暗的夜空下开放出的艳丽花朵!在阿拉木图的苹果园里,一位哈萨克苹果园主激动地对我们说:"你们可来了!我给你们大使馆写信,打电话,欢迎中国朋友到我的苹果园投资,帮助我共建中哈友谊苹果园!"在阿斯塔纳中国产品推介会上,阿斯塔纳商会主席拍着我的肩膀友好地说:"我们不光欢迎你们中国人到阿斯塔纳创业,我更希望与你们中国朋友在农产品推广方面做生意,我们互动共享嘛!"一位外国朋友竟然能够流利地说出我们中国人惯用的政治话语,充分说明中国提出的建设丝绸之路经济带的倡议,得到了越来越多丝路沿线国家人民的理解与欢迎,这不正是我们所期盼的丝绸之路经济带建设要"政策通、道路通、贸易通、货币通以及民心通"的局面吗!

纪\实\篇

俄罗斯的白桦林

——2017丝绸之路品牌万里行纪实之十八

进入俄罗斯境内，映入眼帘的就是摇曳重叠的白桦林。这些白桦林漫山遍野，铺天盖地，组成绿色的防护墙，守护着绿色的田野、守护着瑷碡的村庄、守护着繁华的城市。

俄罗斯的白桦树，笔直坚挺，昂扬向上，浅白色的树干裹着层层斑驳的年轮，由下至上攀缘上升，树干是挺拔俊秀的，给人一种神圣的感觉，树梢长满了努力向上的宽大叶片，连树枝都是向上生长的。这些树干和叶片干连枝节，千枝万派，密密麻麻，形成厚重的丛林，阻挡着来自西伯利亚的寒风，抵挡来自大漠的沙尘，为身后留下成片绿色的土地，成为俄罗斯人性格和生活的物象标志和文化符号。

俄罗斯的白桦林守护着国人的生活，调节着国家的生态，使俄罗斯一派绿色，一派生机勃勃。俄罗斯白桦林最大的特点是连接成片，千万株互相携手，互相扶持，形成一片片绿色的海洋，可以说是"有山便成林,无处不是海",从而极大地调节着俄罗斯的生态气候,形成一个个巨大的天然氧吧,生活在其中就像置身于一个绿色的加氧罐中,周身被负离子所包裹,神清气爽,轻松异常。我们车队的司机羡慕地说,在俄罗斯开车,就像在氧吧里洗澡一样。这听起来并不夸张。从我们2017丝绸之路品牌万里行车队进入俄罗斯以来,就每每被映入眼帘的白桦林所吸引。尤其是起风的时候,白桦林顺着风的方向,整齐地摇曳着身躯,形成波浪起伏的绿色海洋,并轻轻地发出沙沙的声响。行于其间,就像在绿色的海洋中颠簸前行。

俄罗斯的白桦林

望着大片成海的白桦林,不得不承认俄罗斯的确是一个东方大国,其资源储备的厚重,其发展的后劲是绝不可轻视的。在车队加油期间,我专门跑到一片白桦林后边,抓起一把泥土,这泥土是黑色的,像浸满了油一样蓬松而柔软,散发着泥土的芬芳,泥土里还夹裹着白杨树的零星腐叶,又多了一点树木的清香。这些被白桦林守护着的黑色的沃土,就是俄罗斯发展的强大储备力量。俄罗斯人口1.445亿,森林覆盖面积8.67亿公顷,约占国土面积的50.7%;人均森林覆盖率为44.6%,排名世界第一。而我国人均森林覆盖率仅为22.1%。我们必须清醒地认识到这一点。人家是几代人都有用不完的资源，都有发展的余地，而我们则是一代人用完了几代人的资源，可持续发展的储备资源何在？这就是党中央提出"绿色发展理念"的原因所在。

望着大片成海的白桦林，你不得不承认俄罗斯的确有大国气象。他们将大量的土地种树成林，让整个国家都浸泡在绿色里，说明他们是想为子孙后代留下一片发展的绿色海洋。

俄罗斯的白桦林，又象征着俄国人坚毅不屈的性格和率直的情怀。白桦林是笔挺的，不弯腰的，是昂扬向上、吐故纳新的。这就孕育了俄国人坚挺的性格和昂扬向上的情怀。无论是两次世界大战，还是十月革命，俄国人都以性格坚毅和英勇善战而著称于世。尤其是在世界反法西斯战争中，俄国人民做出了不可磨灭的历史性贡献。记得有一幅油画画得就是二战期间，一群俄国军人在白桦林中打着热瓦普翩跹起舞的场景，将俄罗斯人热情奔放率真勇敢的性格表现得淋漓尽致。今天白桦林依然孕育着俄罗斯人天真率性的性格，孕育着他们直面生活的坦然。我们来到车里雅宾斯克的那天晚上，正赶上一对俄罗斯青年在我们居住的酒店举办婚礼。他们的婚礼一般是在傍晚进行，边吃边饮，载歌载舞，不一会儿不知道为什么，两个年轻人便扭打在了一起，互相动起了拳头，人们多上前劝解。一问我们的地陪导游，原来是两个年轻人喝醉了酒，互不服气扭打在了一起。这就是率真的俄罗斯人。

走在车里雅宾斯克或叶卡捷琳堡的大街上，你所看到的俄罗斯人，也多少带有白桦林的影子，多少带有白桦林的元素。俄罗斯的男青年，一般高挑笔挺，高高的个子，如同白杨树一样，蓝蓝的眼睛使人想起白桦林的叶子，那一头随风飘动的秀发，就像成片的白桦林。迎面走来的俄罗斯姑娘，白皙秀丽，笔直的长腿使整个身长拉高，给人俊俏窈窕的美感。尽管已是深秋，街头已经有人穿起了冬装，但大多数俄罗斯姑娘依然是裙裾飘扬，行走在大街上的双腿，使人想起笔挺的白桦树。尤其是起风的时候，她们的一头秀发随风飘起，不时裹住俊秀的脸庞，姑娘们自豪地将秀发甩起，故意透露出迷人多情的眼神，那一瞬间的风情万种简直可以摄取男人们的心灵。最让我动容的是街头一位佝偻着身体的俄罗斯老妇人，她年纪在七旬上下，鲜艳的红花头巾包裹着一头银发，饱经风霜的脸上洋溢着慈祥的微笑，见到我们的车队，扬起她的手频频向我们致意问好，显得那么高贵，那么典雅，那么具有贵族的气质。此刻，我读懂了这原来是在叶卡捷琳堡，1723年建立的以俄国女皇叶卡捷琳娜一世的名字命名的城市，后来沙皇尼古拉二世及其家人就生活在这里，并流完了皇家家族的最后一滴血，留下了"滴血教堂"在寒风中诉说着那一段悲情。

  这种历史的渊源，使叶卡捷琳堡的人们多少带有皇家的气质和皇家的教养。难怪，就连城外的白桦林也像皇家的卫队一样……

纪实篇

"一根筋"的俄罗斯人

——2017丝绸之路品牌万里行纪实之十九

进入俄罗斯几天来，使我对俄罗斯人的"一根筋"有了进一步的了解。

首先声明，我这里所谓的"一根筋"，没有任何贬义。仅仅是指那种做事刻板、不知变通、恪守教条的生存状态。这种生存状态，在我们进入俄罗斯的几天里，几乎处处都能感受到。

先说吃饭。按照国际惯例，涉外饭店一般都提供早餐，俄罗斯也不例外。所不同的是俄罗斯饭店提供早餐的时间有极为严格的规定，不许有分秒之差。比如，饭店早餐规定是早上7点用餐，在俄罗斯那就一定是7点，一秒钟都不能提前。由于俄罗斯与中国的时差是3个小时，俄罗斯的7点已经是我国快上午10点了。习惯吃早餐的中国人，此时在俄罗斯已经饿得饥肠辘辘，面对眼前仅一线之隔（俄罗斯宾馆餐厅用一条黄线把客人与餐厅隔离开）的丰盛早餐，饭店的服务员就是一秒钟都不通融。我是糖尿病人，必须准时进餐，否则就有低血糖的危险。我专门找来地陪翻译将情况告知服务员，可服务员娇媚的脸庞上依然是一脸的茫然，好像俄罗斯人不知道什么是糖尿病似的。好不容易等到7点，餐厅准予放行的时候，我已经饿得头晕眼花，至于俄罗斯饭菜的味道已经顾不上品尝了，只剩下了狼吞虎咽。

再说上菜。按照我国的习惯一般是坐在最前面的座位先上菜，并照顾到老人和小孩，充分体现尊老爱幼的美德。所以在俄罗斯的车里雅宾斯克餐厅，我按照传统习惯坐在最靠门口的桌子旁边。可谁知人家俄罗斯上菜的习惯是先左后右，而我坐的方位正好是右排的第一位，按照俄罗斯人的程序，就成为最后一个得到菜品的食客。我眼睁睁地看着服务员将饭菜从我的身旁端向左侧的同志，只好自认倒霉，努力克服饥饿袭来的恐慌，用笑谈掩饰着咕咕作响的饥肠，又一次领略了俄罗斯人程序化行为习惯的可怕。到了彼尔姆市，用午餐的时候，我汲取了上一次的教训，坐在了靠门首自认为是左边的方位，而且我们领队还一再告诉服务员要从老同志开始。可是谁知道我的方位判断出现了失误，又一次坐在右边的第一位。按照俄罗斯人的上菜铁律，我一定又是最后的那一个。尽管同志们十分客气让我在先，可人家服务员不买账，依然不紧不慢地绕过我给别人送菜。

复说吸烟。在欧亚国家一般大众场合都是禁烟的，吸烟只许在屋檐以外的空间进行，屋檐以内不许吸烟。但是在欧洲和亚洲的一些国家中，执行的并不那么认真，如在意大利、伊朗、印度，基本上都是睁一只眼闭一只眼，只要不被服务员和领班发现就行。可是在俄罗斯，禁烟执行得格外严格。俄罗斯宾馆的房间里到处都装有烟感器，而且是从卧室、卫生间到洗漱间全覆盖，几乎找不到没有探头的地方。而且一旦被发现，不仅要罚以重金，如果有人投诉，搞不好还会坐牢。我们这些喜欢吸烟的烟民们，终于陷入了全面的恐慌之中。特别是我们采访团大多数都是记者，习惯在夜里工作，不让抽烟，灵感阻隔，只好写几行字，就赶快到楼下吸口烟，整个大堂里满是我们的身影。并且，一整夜不让吸烟，整个生活节律被打乱，彻夜难眠。如果不是在外国，考虑到国民荣誉，我真想睡到大街上去。好不容易熬到天刚麻麻亮，赶紧下楼，顾不上周身的寒冷以及空旷的大街，深吸几口烟。天亮后，同志们问起来，就说是早起锻炼身体，以掩饰"都言作者痴，谁解其中味"的窘迫。

俄罗斯人的"一根筋"和做事的认真态度是对的。这种制度化的思维方式与生存方式，多少带有计划经济的影子。这种做事认真的态度和按规定办事一丝不苟的严谨作风，是俄罗斯在相当一个历史时期内国民经济与科学研究特别是军事科学研究走在世界前列的重要人力资源保证。在这个世界上，就怕"认真"二字。办事一旦认真起来，与别人和自己较劲，就没有办不成的事。所以，厘定制度和制定规则并不难，难就难在对制度和规则执行的社会自觉和国民习惯的养成，它是国民素质提升的重要标志。

俄罗斯人的"一根筋"是值得我们学习的！

俄罗斯风光

奋飞吧，海燕！

——2017丝绸之路品牌万里行纪实之二十

当2017丝绸之路品牌万里行车队来到《海燕之歌》的故乡高尔基市时，一股俄国文学的气息便扑面而来，使人首先想到的就是高尔基那一首洋溢着革命激情的《海燕之歌》：

在苍茫的大海上，狂风卷集着乌云。在乌云和大海之间，海燕像黑色的闪电，在高傲地飞翔。

一会儿翅膀碰着波浪，一会儿箭一般地直冲向乌云，它叫喊着，——就在这鸟儿勇敢的叫喊声里，乌云听出了欢乐。

在这叫喊声里——充满着对暴风雨的渴望！在这叫喊声里，乌云听出了愤怒的力量、热情的火焰和胜利的信心。

玛克西姆·高尔基，是苏联社会主义现实主义文学的奠基人和世界著名作家。为了纪念他对俄国文学的历史功勋，苏联以他名字命名他的故乡为高尔基市，现在称为下诺夫哥罗德市。之所以如此，是因为高尔基自觉地将自己的命运与俄国无产阶级的命运连接在一起,他用现实主义的如椽大笔描写和讴歌了无产阶级的历史创造精神和能动的历史主义情怀。尤其是他的自传体小说《童年》《在人间》和《我的大学》,通过自身的坎坷命运,揭露了在沙皇的剥削和压迫下俄国底层劳动人民生活的苦难,歌颂了苏联社会主义革命的历史必然性。他因此成为苏联文学的一面旗帜和俄国文学的一面镜子。

俄罗斯是一个伟大的国家,她孕育和产生了一大批闻名世界的文学家、音乐家、舞蹈家、表演艺术家,他们都是世界文化舞台上的顶级人物和闪烁着个性光芒的灿烂明星。世界文化舞台如果没有了他们的名字,那将是残缺不全和暗淡无光的,这就是他们的文化影响力。

俄罗斯为什么是一个文化群星灿烂的国家?俄罗斯为什么会产生那么多的文学巨匠?俄罗斯文学的"根",到底是什么?这是我在高尔基市想得最多的问题。

我认为俄罗斯文学的根脉就在俄罗斯这片苍茫的大地上!

俄罗斯的大地太辽阔了,这块世界上最大面积的土地所产生的历史能量是无法估量的。因为,辽阔大地所产生的厚重的历史承载能力是文学家取之不尽的创作沃土;辽阔大地所产生的文化气场是文学家创作的强大动力;辽阔大地所产生的一年四季变化不定的美景,是滋润文学家美学心田的创作源泉;辽阔大地上生活的人们是文学家文学关怀的最直接对象。美的山河才会激发美的灵感,才会产生强大的文化催生能力。面对辽阔的大地,你定然有感慨的悸动;面对一望无垠的天空,你定然有追寻的企图;面对苍茫的天地,你定然有欲歌不休的渴求。这种对大地的爱,推动着、激荡着文学家们创作的激情,使他们通过不同的文艺形式,从不同的生活层面、不同的观察角度,全方位全景式地描绘和记录了在辽阔大地上生存的人们的喜怒哀乐、悲欢离合……

为了辽阔的大地,列夫·托尔斯泰来了。他用高贵典雅的贵妇人安娜·卡列尼娜为了爱情扑向疾驰火车的悲剧性结局,揭示了"幸福人家的幸福大致上是相同的，而不幸人家的不幸却是千差万别的"人类生活的永恒主题。为了这句话，列夫·托尔斯泰足足思索了40年时间，在他的《安娜·卡列尼娜》文本写好40年后，才因为有了这句话而得到了出版。

为了辽阔的大地，普希金来了。他作为沙俄帝国的最后一位诗人和俄国革命的第一位歌手，用"冬天都已经到了，春天还会远吗！"的追问，预告了一个伟大时代的到来。

为了辽阔的大地，柴可夫斯基来了。他的《D大调小提琴协奏曲》用轻盈华丽的旋律，创造了一个羽毛划过水面掀起层层涟漪的璀璨意境。

为了辽阔的大地，乌兰诺娃来了。她用纤细的足尖将一个民族对美的追求用芭蕾舞的形式托起来传给了世界，这就是她的天才之作《天鹅湖》，揭示了爱情与魔鬼、正义与邪恶之间的较量。

为了辽阔的大地，高尔基来了。他的自传体三部曲，揭示了生活在这块辽阔大地上底层老百姓的苦难生活，他在《童年》中借外祖父的口，说出的那句"圣母啊！你是一只无底的杯子，承受世人辛酸的眼泪。"道尽了劳动人民对生活的无奈和苍凉。

为了辽阔的大地，奥斯特洛夫斯基来了。他让保尔这块质朴的矿石在革命战争中锻炼成为钢铁般的共产党人。保尔与冬妮娅情窦初开的爱情表达，融化了多少少男少女悸动的情怀；他与共青团书记达雅躺在赶往州政府火车上所感慨的那句："他对这位将生命托付给自己的姑娘，充满了无限的柔情！"，使多少新婚夫妇如痴如狂；尤其是他临死前所说的那句："人最宝贵的就是生命，生命对于每个人来说只有一次。人的一生应该这样度过：当他回首往事的时候，他不会因虚度年华而悔恨，也不会因碌碌无为而羞耻，这样在临死的时候，他才能说：'我的生命和全部的经历都献给世界上最壮丽的事业——为人类的解放而斗争'"。这样的壮怀道白，曾经激励着多少共产党人慷慨赴死，英雄献身。

这块辽阔的大地，太深厚、太苍茫了，她孕育了那么多才情巨匠，为整个人类做出了永不磨灭的贡献！

感谢这块辽阔的土地，人类的灵魂因此得到了抚慰，人类的哀愁因此得到了释放,人类的幸福因此得到了表达!

我真想对着这块辽阔的大地呐喊一声:"归来吧,海燕!"

纪 / 实 / 篇

高尔基市景色

掀起俄罗斯的盖头来

——2017丝绸之路品牌万里行纪实之二十一

我们2017丝绸之路品牌万里行车队,从东到西,奔驰了四天,基本上横穿了半个俄罗斯,今天终于到达俄罗斯首都莫斯科,住进了莫斯科的奥运村。莫斯科郊外的晚上,月明风清,华灯初上,俄罗斯就像一个蒙着红盖头娇羞的新娘,静静地坐在我的床前,等待着我挑开她的盖头,初识她的美丽脸庞。而我经过四天的奔走、观察和思考,也需要对这个眼前的"新娘"做一番评价。

俄罗斯是一个大国,国土辽阔,土地肥沃,植被厚重,人民勤劳,有着巨大的发展潜力。我们在俄罗斯奔走了四天,行程达数千里,放眼望去,满目皆是一望无际的田野,层层叠叠的森林和正在收割的泛着金黄的庄稼。俄罗斯简直是农业的天堂,农用土地占到国土面积的12.9%,已开垦的耕地面积约有1.25亿公顷,人均耕地面积达到0.84公顷,是中国的9倍。森林覆盖面积8.67亿公顷,占国土面积50.7%,居世界第一位。这些良好的资源储备，说明俄罗斯有十分巨大的伸展空间，不愁没有发展的余地。而且，俄罗斯广阔的国土，不像伊朗或我国的新疆、青海等地，基本是寸草不生的戈壁瀚海，而是被称为"黑土带"的肥沃土地，捏一把土都会渗出油来，又有顿河、伏尔加河流经灌溉。加之苏联时代在冷战思维下科学研究的超前发展，使俄罗斯有着加速发展的技术准备。所以，就世界地缘政治和大国关系而言，你可以忽视世界上任何一个国家，但你不能忽视俄罗斯。

俄罗斯已经走出了苏联作为"超级大国"的繁荣时代。那时的苏维埃联邦，有15个加盟共和国，人口3亿多，并有中央集权进行集中统一领导，确实具有"集中力量办大事"的雄浑气派和厚重实力。今日的俄罗斯，随着苏联的解体，十几个加盟兄弟的各自独立，已经失去了往日的光辉和不可一世的地位。2016年俄罗斯GDP大约1.17万亿美元，在世界上排名第15位，排在澳大利亚、韩国之后，大致与我国广东省的经济总量相近，而我国GDP大约11万亿美元，是仅次于美国的世界第二经济体。尤其是苏联实行的"冷冻疗法"，导致苏联一个晚上土崩瓦解，开始实行资本主义制度。但至今俄罗斯市场化的进展并不顺利，传统经济向市场经济或新经济转型缓慢，国民经济基本上还是农耕经济的传统模式，市场化的程度并不高。从我们沿途可见，基本上都是大片的麦田和繁忙工作的收割机，除此之外，人烟稀少，茫茫大地没有几个人影，看不到经济活跃的气象。

这种社会经济转型滞后，严重影响了城市化的发展，使俄罗斯依然是农村与城市交错的二元化社会结构。城市发展滞后，缺乏改革活力。从我们路过的几个大城市车里雅宾斯克、叶卡捷琳堡、彼尔姆、喀山和高尔基等城市的情况来看，基本上保持着苏联时期的陈旧面貌，看不到多少生动活泼的局面。所以，至今俄罗斯没有一条贯穿全国的高速公路，更不要说连接成网；没有一条高速铁路，他们的铁路运输基本上停留在内燃机时代。城市的面貌还沉浸在苏联的模式中。市政建设欠账很多。城市的道路交通停滞，主要的公共交通工具还是有轨电车和无轨电车。天上蛛网杂乱，地上轨道纵横，缺乏一个大都市应有的风貌。在西欧或美国乃至于中国，有轨或无轨电车，仅仅是张扬怀旧情绪的旅游项目，作为公共交通主要手段已经退出了历史的舞台。而在俄罗斯，这些古物依然还在到处奔驰，并且管理混乱，在几个俄罗斯大城市里，我没有见过几辆有轨或无轨电车是干净整洁的，大多数都是肮脏破旧，锈迹斑斑，好像睁着大眼睛在向我们诉说着无奈和悲哀。城市道路基本是沥青铺路，凸凹不平，严重影响了通过速度，而我国已经实现了村村通公路，连乡村道路都已经实现了水泥大马路，真是"发展是硬道理"呀。而且，城市市容建设陈旧，在我们经过的几个大城市里，铺街砖五花八门，高低不平，缺乏整齐划一的城市建设规划，给人一种杂乱无章的感觉。

俄罗斯土地辽阔，主要是幅员太广，人口稀缺。偌大的一个俄罗斯，才有1.445亿人，略高于我国广东省的人口数量。人口稀少，大片的耕地得不到开发和利用，只好撂荒，我们沿途看到大片的麦田由于得不到及时收割而处于弃荒不收的状态。同时，人口稀少，一方面劳动力数量不足，影响生产力发展；另一方面，人口有限，有效需求不足，市场需求牵动社会经济发展的动力不足。这可能是困扰俄罗斯经济发展的一个现实问题。

友好的俄罗斯姑娘

俄罗斯是一个友好的国家。俄罗斯民族勤劳善良,热情好客。特别是中俄人民的友谊源远流长,并不因为国家制度性质不同而改变了她的基调,人民的心是相通的。在俄罗斯,我们车队所到之处皆受到沿途俄罗斯人民的欢迎。我觉得他们对我们的欢迎是沉静的、温文尔雅的和老朋友式的,没有太多夸张的成分,给人一种"似曾相识燕归来"的温馨之美。去年,我们2016丝路万里行车队去伊朗,也受到了伊朗人民的欢迎,他们一些青年人甚至高喊着"qin!""qin!",即中国的意思,驱车将我们欢送出他们的城市。但我总感觉这场面里有一些狂喜或者夸张的底色。可在俄罗斯不同,俄罗斯人民对我们的欢迎是真诚而平稳的。在叶卡捷琳堡,一位年逾七旬的老太太,佝偻着身子,对我们的车队挥手致意,脸上洋溢着老人才有的善良和慈祥;在彼尔姆,当我们车队经过柴可夫斯基家乡时,一位中年老兵,严肃笔直地站在马路上,向我们车队举手行礼,脸上挂满着崇敬的表情,直到目送我们车队绝尘而去;在喀山的街头,当我们车队从闹市中穿城而过的时候,一位中学生打扮的女孩,见到我们的车队脸上充满着既惊讶又羞涩的表情。她一边用多

地铁中安静阅读的莫斯科人

情的眼睛看着我们的车队，一边又不好意思羞涩地低下了她的粉红色的笑脸。这些老、中、青三代俄罗斯人对中国人民的友情场景，将深深地印在我的记忆之中。

　　俄罗斯是一个有希望的国家。俄罗斯有很好的技术和资源的积淀，有悠长的历史文化的积淀，丝绸之路经济带建设为俄罗斯提供了极为难得的发展机遇。通过丝路经济带建设，俄罗斯可以在平等互利的基础上，通过对外开放，获得更为便利的引进资金、技术和人口红利的条件，加速俄罗斯的发展。特别令我吃惊的是，在高尔基市列宁巨大的雕像前，（在俄罗斯，列宁雕塑现在保存的已经不多了）不知是谁默默地放置了一个素色的百合花编制的花篮和一个用紫罗兰编制的花圈。这一篮一圈，在硕大的列宁雕像前显得那么瘦小和微弱，在寒冷的晨风中几乎可以感觉到它们在瑟瑟发抖，可我却看得热泪盈眶。透过这花篮和花圈，我感觉到社会主义在俄罗斯并没有泯灭，人们对社会主义的怀念之情像地火一样在心头熊熊燃烧，这是一种夹杂着多么痛苦和悲情的表达呀，一个社会主义形态已经死去的国家，人们却在默默地呼唤着她的复活！我们生活在中国社会主义条件下的人们，没有任何理由不坚持社会主义的道路自信和制度自信。这是掀起俄罗斯的盖头时，我所看到的最令我陶醉和心动的靓丽春色！

纪〉实〉篇

雕栏玉砌应犹在，只是朱颜改

——2017丝绸之路品牌万里行纪实之二十二

来到莫斯科，红场是一定要去的。那是一代中国人心中的圣地之一。

可是，到了红场，一种物是人非的悲凉袭上心头。在寒冷的令人无限惆怅的肃杀气氛中，我想起了南唐后主李煜的那一句流传千古的名句"雕栏玉砌应犹在，只是朱颜改！"

站在石子铺就的凸凹不平的莫斯科红场，有一种空寂失落的悲凉。这里没有庆祝十月革命胜利的欢呼，没有在雄壮国歌中猎猎军团行进中排山倒海的脚步，没有千万群众簇拥着彩车游行的欢乐队伍，没有少年儿童放飞和平鸽发出的嗡嗡哨声。一切都是繁华落幕后的寂寞！我站在广场上，感到空荡荡的，一切曾经那么激动人心的往事都烟消云散，落幕在历史的尘封之中。

站在列宁墓前，更有一种历史的羞愧和悲哀袭上心头。在那大理石砌就的高大墓座上,没有列宁的水晶棺,没有一代伟人的身姿遗容,只有空空如也的墓基石在寒冷的北风中听任风声的抚摸,伴随一阵阵枯黄的落叶扫过墓基上镌刻的列宁几个大字。我悲愤的让同行的同志为我留了一张列宁墓前的照片,以祭奠无产阶级革命失败的悲凉,并与我心目中永远的英雄做最后的告别!

在广场迎面有二战英雄朱可夫欢庆胜利的塑像,倒还有一丝历史的真实之感。朱可夫确实为苏联取得反法西斯战争的胜利,立下了汗马功劳,做出了骄人的军事战略业绩。可朱可夫仅仅是苏军总参谋长,站在他身后还有最后决策的大元帅,真是"世无英雄遂使竖子成名"。祭奠一位胜利执行者而隐去了胜利决策者的光芒,这其中的破绽稍微有一点历史知识的人都会品味出来。可见,历史历来是官修的。是胜利者的得意备忘录,是统治阶级意志的体现。成者为王败者为寇,这就是历史永远的"血色规律"。

列宁墓基座前的留影

在广场的一角,是无名英雄纪念碑。那墓前熊熊燃烧的烈火、墓前雕塑的血染战旗和带血的钢盔,都在向你诉说着在第二次世界大战尤其是世界反法西斯战争中,苏联人民做出的巨大牺牲和历史性贡献。当我看见一对俄罗斯新婚夫妇将一束鲜花敬献在烈士墓碑前,并深深地行鞠躬礼时,我的眼睛是潮湿的。血写的历史可以扭曲,可人民不会忘记。在熊熊的烈火中,我仿佛看到舒拉被德军吊在绞架上苍白的面孔,我仿佛看到卓娅被德寇蹂躏后虚弱的身体在雪地上流淌的斑斑殷红色的血迹,我仿佛看到千百万苏联红军战士迎着枪林弹雨像枯枝般齐刷刷地倒下,我仿佛看到将战旗插上柏林统帅府后倒下的红军战士仰望苍天的面容!那一首《再见吧妈妈》的苏联歌曲,在我心头久久的飘荡:"我们再见了,亲爱的妈妈!请你吻别你的儿子吧!再见吧,妈妈,别难过,莫悲伤,祝福我们一路平安吧!"其实,他们中的大多数人都没能够回来,都在他们妈妈的哭泣中,走向了历史的坟墓。无名英雄纪念碑与朱可夫的雕像,正好形成了一幅绝妙的"一将功成万骨枯"的历史画卷,俄国人民和俄国艺术家太有才了!

从红场回来,我的心情久久不能平静,李煜的那首《虞美人》的伤感文字,始终在我眼前晃动。

问君能有几多愁?恰似一江春水向东流!这就是我的莫斯科之旅。

丝路"通关"历险记

——2017丝绸之路品牌万里行纪实之二十三

吾生也贱，五十岁以前没有出过国，五十岁以后赶上了建设丝绸之路经济带的好时光，于是才有了出国的经历。然吾运也蹇，每一次出国都因为通关边检闹出了许多的麻烦，细想起来不禁令人讶然！

第一次是在2015年。我随中国文化种子论坛到意大利参加米兰世博会"中国文化周"活动。我们一行30余人，从西安坐飞机前往罗马。过边检的时候，全团30余人都顺利过关，偏偏我国的海关边检将我挡到了边关。我当时心情格外忐忑，不知道是犯了什么事？想我一良好公民，一生从事教育工作，也算是阳光事业，随身也没有携带什么国家机密文件，同时又有极强的爱国情怀，并没有任何叛国投敌的倾向。全团的同志也开始紧张起来了，以为我犯了什么错误。正当我和大家疑惑之际，边检的武警同志向我鞠躬，张开笑脸说："对不起，教授，您太有名了，我不得不认真核实一下！"我一颗悬着的心终于落了地。同志们看我的眼光也恢复了常态，我们愉快地登上了西去的飞机，算是有惊无险。

　　第二次那可是大大的有险了。那是我参加2016丝绸之路品牌万里行活动，从丝路南线经伊朗到印度。快到伊朗的时候，我们领队突然通知我，我的护照找不见了。我顿时慌了神。出国活动没有护照，那就是黑人黑户，就成为世界无国籍私民，既不能前往伊朗，又不能回到中国。我心情复杂极了，一想到要被困在伊朗，前不着村后不着店，孤零零地被丢在异国他乡，心就缩在了一起。我们团的一些同志还幸灾乐祸地打趣我说："李老师，你太幸福了，你留在伊朗，根据伊朗法律，可以娶四个老婆！"我一听心就更慌了。这事情如果传到我老婆耳朵里，那我不仅回不了国，就连家都难回了！可见这些人的"险恶用心"。正当我惶惶不可终日、度日如年的时候，我们领队李永伟笑眯眯地告诉我说："护照找到了，是在宾馆的床头底下找到的。"从此，我与护照产生了极为密切的关系，当护照回到我身边时，就像见到久别的亲人一样，每次与护照分离的时候都有一种生离死别的揪心！

　　第三次就是这一次参加2017丝绸之路品牌万里行活动，从哈萨克斯坦过俄罗斯边检时，遇到了我有史以来最大的麻烦。我们全团50余人，人家都顺顺利利地通过了边检。我本来有过前几次边检的倒霉经历，就比较紧张，检查时我努力露出笑脸，可人家连看都不看，就将我的护照扣了下来，让我站在摄像头下上看下看、左看右看，看得我心里十分慌遂。心想我妈当年造我的时候，态度还是比较认真的。脸部所有的配件，都是按照民族标准打造，没有什么特别的安排。我老婆曾经恶狠狠地对我说："像你这样的人，扔到人群中，不仔细辨认都找不出来！"它至少说明我长得还是比较安全的，心里正想着，只听翻译对我说，李老师请您靠边站一下，人家海关不让你过，你得等一下。我听后心更慌了，心想生理没有问题，估计麻烦会出在道德方面。于是，我立马仔细检讨自己60余年的人生经历。感觉在法律方面还是好的，最起码没犯过法。我们这些当教师的是教人向上的。像我这样的人，到教堂去忏悔，估计一平方米的空间就够了。正当我胡思乱想之际，只听人家边检人员在我的护照上"咔嚓"一声盖上了章,我知道可以安然过关了。

第四次,从俄罗斯过爱沙尼亚口岸。我做好了视死如归的精神准备,因为据说爱沙尼亚边检比俄罗斯更严格一些。谁知,福人自有天相。这次边检出奇的顺利,几乎没有碰到什么麻烦,就顺利通关。就是让我们在两国边境过渡地带等候时间过长,大家都憋得受不了。可人家爱沙尼亚边检的官员说了:"要尿,开车回俄罗斯去!"我们听了以后,好难过呀!这腹中之水竟然成了技术难题。俄罗斯不准回,爱沙尼亚又不要,你让我们怎么办!总不能憋回中国吧!最后在翻译的多方交涉下,终于得到了解决。

从爱沙尼亚边关过来后,我想起这些往事,还是有所感悟。中央要求建设丝绸之路经济带要做到"五通",仅这起码的"通关"都存在这些问题。所以建设丝绸之路经济带是任重而道远,要经过几代人的努力才能够完成呀!

纪\实\篇

波罗的海的塔林

——2017丝绸之路品牌万里行纪实之二十四

当2017丝绸之路品牌万里行车队驶入爱沙尼亚境内，一种全然不同于俄罗斯的景色就映入了眼帘。到处绿草成茵，树木阴森，整个国家好像都浸泡在绿色的海洋里。天空瓦蓝瓦蓝的，几丝舒卷的浮云轻轻地向天边荡去，不时吹来的波罗的海的晚风，夹杂着几丝温润的气息，覆盖着整个半岛。作为国家首都的塔林，整个城市干净极了，几乎看不到一丝灰尘，一辆有轨电车闪烁着橘黄色的车灯，在缓缓地驶向远方，车窗里的人们静静地沉思着，似乎有几份倦意，这都意味着这座坐落在波罗的海芬兰湾的海港城市开始进入了它的梦乡⋯⋯

当波罗的海的波涛声拍打着岸边的礁石，几声海鸟的鸣叫打破清晨寂静的时候，塔林开始醒来并舒展着她的筋骨，霞光穿透晨曦，这座笼罩在海雾中的美丽城市逐渐掀起了她的面纱。

据说这个具有800年历史的古老城市，与一位老人有直接的关系。

13世纪的时候，有一位叫托马斯的老人，来到这座半岛，他力大无比，善于射箭，而且箭术高超，箭无虚发，远近驰名。渐渐人们羡慕他的威武，便开始聚集在他的身边，打鱼耕田，养儿育女，这里逐渐成了一个南北欧的货物集散和贸易中心。古老的塔林老城就这样发展了起来。

我站在高高的堡垒山顶，遥望着这座被波罗的海宠坏了的城市，似乎看到了15世纪以来地中海贸易兴起所引发的海洋经济勃兴。为了同中国交换丝绸、茶叶，欧洲各国纷纷走上海外掠夺的道路，以聚集与中国交换所需要的白银，这就导致了处于波罗的海芬兰湾南岸的里加湾和科普利湾之间的塔林，成为连接中、东欧和南、北欧的交通要冲，由于它有广阔的海岸线和深水良港，自然成为东欧沿海重要的贸易和商品集散的商港城市和物资交流中心，在芬兰湾闪烁着耀眼的光芒。

不愧是波罗的海南岸的海港城市，塔林老城连铺街石都浸透着海洋的气息。沿着铺满鹅卵石的小道，会把你引向一个保持着浓郁中世纪商业风情的辉煌小镇，这就是塔林的老城。两旁用灰白色大理石砌就的呈现着哥特式风格的高大房屋，依然保持着中世纪的原貌，各种商店鳞次栉比，依然是中世纪橱窗陈列的模样，大部分商品来自于中亚细亚、欧洲和中国。街道静静的，早晨还没有多少行人，商家也慢腾腾地开始打理店铺，运送货物的马车在狭小的街巷中穿梭着，马蹄敲打着鹅卵石铺就的道路，发出清脆的声响，并把一串串悦耳的铜铃声送入人们的耳际。几位侍女打扮的姑娘，在街边店门口抽着烟，等待着顾客的到来。整个塔林老城似乎已经准备好了，要好好款待远方来的客人。

而我对塔林最感兴趣的是它所保留的中世纪商家经营方式和社会组织。因为透过这些商业经营形式与组织形式，可以找到它与丝绸之路的细微联系。从经营形式看，这里的商家还保持着中世纪悬牌招揽顾客的方法，各种商店用悬挂不同的商品来传递它的经营信息。比如，烟草店门前就悬挂着一个巨大的烟斗，你似乎都能感觉到它在轻轻地冒着青烟；皮靴店各抱地势，钩心斗角，在房檐下专门悬挂着一支巨大无比的木制皮鞋，皮鞋尖几乎可以达到地面，以显示他们货真价实的经营实力；啤酒店用木头雕刻了一个微缩的啤酒桶，将它悬挂在店门口，使顾客看到他，就会产生"五花马、千金裘，呼儿将出换美酒"的消费冲动。在这些不同商家的背后，是塔林在中世纪养成的各种经营实体联合所产生的"商会"组织。这些将商人的头儿聚集在一起保护商人共同利益的商会，是整个塔林最具经济实力的组织。其中最刺激人的是塔林所具有的"光棍协会"。据导游说，这种光棍协会，是不同年龄的光棍为了发展生意而结成的商人联盟组织，他们血气方刚，在发展商贸事业过程中寻找属于自己的爱情。特别有意义的是，在老城与新城分界线的一面商店墙上，悬挂着一块硕大的机械钟表，一看就是产自瑞士和芬兰的手工制品，它清晰地告诉商人要诚信、守时，通过节省时间来节省劳动的商业经营规律。

老城拉科雅广场矗立着的八面棱体的塔楼——市政大楼，是上城与下城的分界线。塔楼顶端巍然屹立着的老托马斯守护神雕像，寓意塔林的由来。上城贵族云集，是上流社会、宗教阶层和特权贵人的聚集地，有高耸的楼房、各色教堂、学校和医院，是古城的精神所在。有人不断从教堂出来，祈祷发财致富机会的到来。这种物质与精神的上下排列，充分表现了中世纪的商业精神和商业面貌。

沿着教堂的路攀缘而上，就会来到全城的制高点——堡垒山。从这里遥望波罗的海，波光粼粼，渔船点点，大海的苍茫与雄阔立即呈现在眼前。不远处船帆林立，货来货往，一个港口与内城之间贸易联系的主线就展现在人们的眼前。在山顶熙熙攘攘的人群中，一位老者弹着吉他，轻声唱着忧伤的歌谣。见到我们一群中国人，他立即放声高歌《有一朵美丽的玫瑰花》，那用汉语演唱的具有老年沧桑和磁性嗓音的歌曲，立即引起了一大群观光客的好奇。在我们的鼓励下，老人又唱了一首《大海！我的故乡》的中国歌曲，引起了我们的共鸣。在老人的带领下，我们共同高歌，歌声穿云裂帛，在芬兰湾上空久久飘荡。

里加电车的辫子粗又长

——2017丝绸之路品牌万里行纪实之二十五

我们2017丝绸之路品牌万里行车队来到拉脱维亚首都里加,这个城市最大的特点就是轨道交通异常的发达,各种各样的轨道电车都拖着长长的辫子,就像我国维吾尔族姑娘扎起的辫子一样。

拉脱维亚是地处东北欧的波罗的海沿岸国家,全国60多万平方千米土地,150万人,其中有92万人集中在首都里加。所以里加被称为"波罗的海跳动的心脏"和"北方巴黎"。它绿荫覆盖,花丛处处,素有"欧洲美人"之称,里加人喜欢称其为"花城"。而在这具有92万人口的城市里,主要的公共交通工具是各式各样带着各种辫子的电动公共交通车。里加可以说是一个电动公交车的博物馆,满街跑的是不同类型、不同形制的电车。作为轨道交通,既有产业革命以来欧洲各国都曾经作为主要运力的有轨电车,更有拖着辫子的无轨电车。各种轨道从天上到地下形成纵横交错的公共交通网。不了解里加的电车就等于不了解里加。

里加的有轨电车，地下既有轨道，天上又有接触式电网，跑起来轰轰隆隆的，有很强的节奏感，"哐啷、哐啷"的，看起来很威风，像个勇往直前的猛士。而有轨电车又分为连体式和整体式两种类型。连体式常常是三节车厢整体相连，是个完整的车辆体系，有三个门供人们上下，整个车厢喷涂得很卡通，五颜六色，像一个流动的大篷车；分体式是由两辆车体牵挂而成，其中一台为动力牵引车，后一台为拖车，中间由挂钩相连，车身为蓝白相间的流线型，与城市的绿色基调很协调，表现了很强的现代意识。

里加的无轨电车分为单车式和分体式。单车式为独立的车辆，有一根触电杆与电线相连，以取得动力，另一根触电杆闲置，躺在车顶上，就像一个调皮的小女孩，一根辫子翘着，一根辫子躺着，看起来很可爱。分体式由两节车厢连接而成，触电杆也是一根翘着，一根躺着。所不同的是它是两节车厢牵挂而成，方便车辆在行驶中转弯，车身有米黄色和天蓝色两种，交错而行，增添了城市活体移动的情趣。

里加的轨道交通很发达，也是居民外出乘坐的最主要交通工具，一般车票并不贵，地面导游告诉我，每次乘车一欧元就可乘遍全程，而且国家还给居民补贴交通费。我印象最深的是里加轨道电车都很干净，窗明车亮，看不到车上有任何污垢。坐在车里，宽敞舒适。站在车外望去，有的像一道米黄色的闪电，呼啸而过，有的像一片蓝天白云，在你不经意之间飘忽而来，成为里加一道明亮的风景线。

里加的城市公共交通之所以至今还保留着轨道交通的主要形式，并不偶然。一方面，里加的主要工业部门为机械制造业，生产电气化铁路车辆电车、内燃机车、船舶和摩托车等，这些轨道交通车辆，本身就是由里加自己制造的，近水楼台先得月，里加充分发挥本身的技术优势，以使用自己的交通产品为骄傲。另一方面，采用轨道交通，使用洁净能源，减少污染，是保证里加城市空气质量和植被面积的重要措施。所以里加才被称为"北方巴黎"。

坐在电车里，可以将里加全城的景色尽收眼底。尤其是穿越里加古城的电车，更将里加悠长的历史展现在人们眼前。里加老城是整个拉脱维亚的历史和文化的缩影，被联合国教科文组织列入世界文化遗产名录。老城面积50公顷，青石铺成的小路狭窄曲折，四通八达，有着中世纪特征的建筑随处可见，步入老城恍如时光倒流。尤其是拉脱维亚的夏季，气候宜人，到了晚上8点多依旧是艳阳高照。整个老城花丛处处，人流如织，坐在明亮的电车内，在时间流淌中，欣赏身边的中世纪的建筑，心里会有一种怀旧的情结在悄然涌动。

到了树叶泛黄的秋季，清晨一片朝霞，初升的太阳照耀在古城各种教堂屋顶上的金属制公鸡（风信鸡）身上，使天上的太阳与屋顶的雄鸡遥遥相望，互相叫早，形成古城特有的精神气场。之所以如此，是因为相传13世纪末叶以来，风信鸡被当地居民认为是避邪之物，后来人们把鸡身两侧分别涂上金色和黑色，以辨别风向，使它与飞奔的电车统一在相同的历史梯度之上，成为里加城市的重要标志。假如你乘车路过吉士湖畔著名的梅沙公园，这里有葱郁的树木、柔软的草坪、矮小的农舍、古老的风力磨坊，更有可以容纳上万人的露天音乐广场，在不经意之间一首轻柔的《天鹅湖》缥缥缈缈从车窗传进你的耳际，使你感受到生活的惬意和生命的美好！

当然，里加发展轨道交通作为一个现代化城市的主要公共交通工具，也有其不利的一面。那就是在城市交通布局上会因天空电线缠绕，而显示出凌乱杂陈的景象。轨道电车又由于车轨不一，两条或多条轨道穿城而过，使城市道路呈现出凸凹不平的情形，极大地影响了城市整洁干净的面貌。它也说明，拉脱维亚的社会经济发展比较缓慢，政府对公共交通基本设施的投入不够，才使里加呈现出新城与老城同在，中世纪的骑马射箭与现代化的交通工具互相激荡，一派发展中国家城市的风貌。

里加的轨道交通，既承载着历史发展的传统，又反映了城市现代交通发展的不完善。但我相信，建设丝绸之路经济带带来的机遇，会使拉脱维亚的社会经济得到一定程度的发展，从而为改造传统轨道交通准备强大的资金和劳动力，那么，里加的明天就会更加美好！

立陶宛，乐淘淘

——2017丝绸之路品牌万里行纪实之二十六

当2017丝绸之路品牌万里行车队进入波罗的海三国中最大的立陶宛时，眼前呈现出完全不同于俄罗斯和拉脱维亚的景色。如果说俄罗斯是狂野的，拉脱维亚是羞涩的，那么，立陶宛就是奔放的。沿途已经不再有像俄罗斯那样大片的森林，也不像拉脱维亚原野那么空阔，人烟开始稠密了起来，拉脱维亚森林中那些单家独户的小木屋消失了，公路两旁开始出现大片黑黝黝湿漉漉的土地，怪不得立陶宛这个波兰语中意为"多雨水的国家"，土地都像是刚被大雨浇灌过一样，散发着阵阵泥土的芬芳。远处开始出现了在绿色田野中错落栉比的村庄，与我们关中农村的景色有些许相像。在绿荫覆盖的村庄里，一两声鸡鸣，两三声狗吠，完全是一派牧歌式的田园风光。这个有6万平方千米土地，260万人口的波罗的海国家，显然要比只有150万人的拉脱维亚繁华得多，有生气得多。

进入首都维尔纽斯，新城一派欧化风格。现代化高大的建筑，整洁的街道，到处可见的森林公园，整个城市被笼罩在绿色的葱茏之中。但却没有现代都市的那种喧闹，街头人们行进的速度也没有塔林、

立陶宛街景

里加那么匆忙，而是和缓的、闲适的。几个小学生背着书包，手里拿着手机在自信地向前奔走，显然是放学后走在归家的路上；一行青年骑着赛车，穿梭在车流之中；在公交车站等车的雨棚下，几个俊俏的姑娘或坐或站，兴奋地聊着天，从波罗的海吹来的海风不时拨动她们的秀发，给人一股青春靓丽的感觉。这个2011年国内生产总值为428亿美元，人均GDP约合13 253美元，居民月工资2 174立特（约630欧元，即合人民币5 000元）的北欧小国，显然是稍富即安世外桃源型的国家，在一片牧歌式的田园风光中，人们过着乐淘淘的闲适生活。

维尔纽斯老城有着悠久的历史，建于1253年，是立陶宛大公国的京师。在地势微微起伏的老城四周，几条河流蜿蜒流淌，宛若玉带轻舞，薄纱缭绕。据说"维尔纽斯"这个名称是从立陶宛语"维尔卡斯"（狼）一词演变而来的。相传在14世纪时，立陶宛大公Gediminas（1275—1341）来到这里狩猎，夜里休息时梦见一只铁狼在山冈上大声嗥叫，惊动四方。醒来后，祭司说这个梦是吉兆，如果在此地筑城，必将名扬天下。立陶宛大公于是就在狩猎地的山冈上修筑了城堡。没有想到这支铁狼却给维尔纽斯人民带来了福祉和满足的生活。

进入老城，石砖铺就的多色道路蜿蜒延伸，两旁的商店和教堂林立，大多数建筑都呈现出巴洛克风格，被誉为欧洲最大的巴洛克风格古城，列入世界文化遗产之城。城中最大的教堂维尔纽斯大教堂，建于1387年，是维尔纽斯市的政治文化象征，立陶宛历史上许多重大事件都与之相关。据

说教堂下面的地宫内安葬着维陶塔斯大公和妻子、国王日吉蒙塔斯的两位妻子，保存着国王弗拉基斯拉夫的心脏。大教堂内小礼拜堂的祭坛上有立陶宛唯一的圣徒卡济米拉斯的棺木。难怪一群信徒正在牧师的指导下一脸虔诚地从教堂走出来，有的脸上还带有清晰的泪痕。几个修女身披教袍在教堂的花园中散步，黑色肥大的教袍掩藏着她们窈窕的身材，却张扬着她们俊俏的脸庞。一些富有的住户藏身在古城的曲径通幽深处，几只石竹，一两棵老树，虚掩着具有欧化风格的门厅，一尊汉白玉雕刻的圣女雕像，默默地告诉人们主人富足的生活。老街上的商店是静静的，虚掩着门窗，只有门楣悬挂的实物广告清晰的告诉你它的经营内容。大街上到处都是休闲的咖啡屋，几张临街的桌上，一群姑娘们在喝着奶酪，谈笑风生，咯咯的笑声激起满街幸福的浪花。古城的餐馆、旅馆和博物馆以好客而著称于世，维尔纽斯的居民曾获得世界上最好客的名声，一个重要的表现就是这个城市有许多"好客俱乐部"，专门培养人们的服务精神和服务技巧。最有代表性的是市政厅门前的广场，落日下的广场显得清寂安静，晚霞把周围的景物染上了一层玫瑰的红色。在广场的石凳上，有几对年轻人正在享受着青春的爱情，一位男青年枕在姑娘的腿上，两个人窃窃私语，流淌着爱的情波。旁边一位银发斑斑的老人，牵着狗，眯着眼睛正享受落日照在身上的温暖，有一种似睡非睡的感觉。整个广场了无声响，一切都显得静谧而温馨，一种其乐融融的满足向四周荡漾……

这种闲适、富足的生活，是一种建立在田园诗基础上的富足。其实，立陶宛的经济主要还是以农业经济为主。全国有6.75万个农场，耕地面积230.13万公顷，有33%的人口居住在农村，农业从业人口占总从业人口的17%。由于农业是主导产业，立陶宛每年出口的商品以畜产品和农产品为多。所以立陶宛还有很大的发展空间，还需要加快经济发展，以创造更多的就业机会解决每年产生的大量失业人口。而建设丝路经济带也为立陶宛带来了创新发展的新机遇和新市场，至少为立陶宛农产品的出口，提供了有支付能力的市场。这必然会推动立陶宛经济的回升与发展，为立陶宛人闲适富足的生活增添新的物质和精神内容，使立陶宛人民在共享丝路经济带发展成果的基础上，迎来社会经济回暖发展新的高潮。

丝绸之路乃绿色之路

——2017丝绸之路品牌万里行纪实之二十七

自2013年习近平总书记提出建设丝绸之路经济带倡议以来,他多次强调"丝绸之路就是绿色之路",必须贯彻"绿色发展理念"于丝绸之路经济带的建设之中。这包括两个方面的含义:一方面,丝路建设要贯彻绿色经济和绿色社会发展理念,保护好环境,既要金山银山,又要绿水青山;另一方面,还要使绿色资源转变为经济效益,绿水青山也是金山银山。我们2017丝绸之路品牌万里行采访团,从西安出发,途径哈萨克斯坦、俄罗斯、爱沙尼亚、拉脱维亚、立陶宛到波兰华沙,辗转一万两千余里,途中所见,使我们对习总书记的这一高瞻远瞩有更为深刻的理解。

丝绸之路确实就是绿色之路。我们从西安出发,经过我国甘肃、新疆时,长时间在戈壁瀚海中穿行,丝绸之路在我国境内遵循着"有水就是绿洲,无水即是沙漠"的规律向前行进,而且,绿洲仅仅是沙漠中的奢侈点缀，大部分时间所见的都是风吹沙动、寸草不生、黄尘没道的漫漫荒原。进入哈萨克斯坦，立即像进入了一个绿色氧吧。哈萨克斯坦西部是草原，东部是农田，到处都是茂密的森林。在哈萨克斯坦的六天行程里，前三天都是在绿茵茵的草原上奔驰，后三天是在黄绿相间的广袤原野上行驶着。因为，哈萨克斯坦东部的一部分庄稼还没有收割，收割了的是黄色的耕田，没收割的是满眼的庄稼，我们简直被眼前的景色陶醉了。

进入俄罗斯，绿色经济的概念更为深刻。俄罗斯西部是比哈萨克斯坦更为繁密的森林，白杨林和红松林漫山遍野，可谓"遍山都是海，无处不生林"。我们不能不为俄罗斯深厚的绿色资源储备所折服，不得不承认俄罗斯是一个有巨大发展潜力的国家。俄罗斯的东部是广阔的一眼望不到边的农田，"喜看稻菽千重浪，遍地英雄下夕烟"，正值收割季节，繁忙的收割机在田野里吼叫着、吞吐着，从远处不时传来阵阵新收小麦的芳香。

一旦驶入爱沙尼亚和拉脱维亚，就像进入了一个森林公园。我们的车队，就像欧洲童话故事中的"七个小矮人"一样，在崇山峻岭中蠕动。爱沙尼亚和拉脱维亚是以森林为主的国家，这两个国家除了森林还是森林，沿途看到的尽是用大圆木粗糙垒砌的林中小木屋，圆木的自然色调在绿色森林的衬托下，泛着古老粗朴的土黄色亮光，让人忍不住去猜想，里面一定藏着美丽的姑娘。拉脱维亚经济是以林业经济为主，每年木材是他们出口的大宗。看到森林里到处堆放着的山一样已经劈成一尺左右供取暖用的木材，我们心疼的好像心都在流血，这放到我们国家该是多么宝贵的财富呀！尤其是拉脱维亚的首都里加，简直就是一个大花园。整个城市都被绿荫覆盖着，到处是百年的老树和碧绿的草地，他们国家的田野除了种庄稼就是种草，我都怀疑他们吃什么？空气清新，令人陶醉，我每天五点起来就到户外去呼吸这里的新鲜空气，这是丝路万里行给我最大的馈赠，而我的同志们还在酣睡，我暗自窃喜，我比他们赚了更大的便宜！

拉脱维亚田园风光

离开爱沙尼亚和拉脱维亚，进入立陶宛和波兰，绿色景致开始变换出新的模样。由于这两个国家都是以农业为主的国家，绿色景致的呈现以田野里的庄稼为主基调，生活的形态也已经不是林中的小屋，而是掩藏在一片绿色海洋之中矮矬的连片村庄，你几乎可以听到"鸡犬之声相闻"的村落和牛马在田野里放养的牧歌。尤其是波兰，一路上的庄稼大多数还没有收割，我们沿途唯一看到绿色欲滴、漫山遍野庄稼的就是波兰。哈萨克斯坦和俄罗斯，基本上收完小麦，土地就开始倒茬，而立陶宛和波兰是两季轮种，收完小麦种玉米，所以，满目都是齐刷刷生长的正在吐蕊的庄稼，田野里散发着只有成长庄稼才可能有的一股股清香。看来，中东欧数国才是真正的绿色经济，他们对环境的原生态保护和理性使用，给我们提供了榜样。坐在车里，望着无尽的绿色田野，我在想：习主席一定见过苍茫的草原和广阔的原野，才提出让我们遵循自然规律，将发展中的中国建设得山更青、水更绿，对得起后代，留得住乡愁。

但是，丝路沿线国家的绿色经济也并不是尽善尽美。尽管他们在绿色资源保护、治理、利用方面给我们做出了表率，但这些国家基本上都还处于传统经济时代，社会经济的现代转型缓慢，还没有树立现代市场经济的意识。他们虽然无意中本能做到了"既要金山银山，也要绿水青山"的绿色发展，可他们也许并不知道"绿水青山也是金山银山"的绿色社会发展理念。也许他们在有生以来的自然环境中生活惯了，并不感到绿色资源对这个世界的宝贵，并不知道在市场经济时代，看一眼绿色的景致都是要付费的。自然存在的绿色本身就是巨大的财富。这些国家稍微放宽一些政策，加快绿色旅游业的发展，就会变绿水青山为金山银山。

这正是丝绸之路经济带建设，让他们将资源存量转化为资源增量，将资源优势转变为效益优势难得的机遇。我们因他们而美丽，他们因我们而富裕。这便是建设丝绸之路经济带平等互利的共同目标。

在肖邦故乡给小孙子写的一封信

——2017丝绸之路品牌万里行纪实之二十八

博宇：

  你好！此刻爷爷在万里之外的波兰首都华沙肖邦博物馆前，给你写这封信。

  爷爷知道，你酷爱音乐，你那稚嫩的小提琴声，是爷爷苍老心境中永远涌动青春活力的源泉。没有哪一位白发苍苍的老人，望着自己孙子轻盈地拉着小提琴，而不感到由衷的高兴。每一次听到你的琴声时，都似乎是对爷爷心灵的召唤，常常使爷爷内心激动得老泪纵横。所以，这次来到华沙，不论有多少困难，爷爷都一定要到肖邦博物馆去，为我的小孙子带去对一代音乐宗师虔诚的敬仰和爱，带去中国一个正在学习小提琴的少年琴手对音乐大师的尊崇与膜拜！

  爷爷深知，通向音乐的道路是艰难的、不平坦的。

爷爷当然希望你能够成为像肖邦那样著名的音乐家,在音乐的舞台上展示你的才华。如果真是那样的话,爷爷就是离开这个世界也是可以瞑目的。

可全世界只有一个肖邦。他4岁会弹钢琴,8岁即会作曲。肖邦的音乐天赋是所有爱好音乐的人都很难复制的。所以,我清醒地知道,这个世界上不是所有爱好音乐的人都能够成为像肖邦这样的音乐大师。但是不要紧,孩子!你一定要知道音乐只是你的一个爱好或者大脑深处一个兴奋符号。音乐不是一个职业,不能靠这个混饭吃!要知道在这个世界上,唯有心存音乐才能活着。而生存的第一要义就是求食。爷爷年轻的时候,也酷爱音乐,也酷爱小提琴,并因为会拉一手漂亮的小提琴而成为我们大学乐团的一名小提琴手。可在爷爷毕业后,家里穷得连一把破旧的小提琴都买不起的时候,爷爷所有的音乐梦想都就此付之东流。爷爷就像《钢铁是怎样炼成的》书中那个穷小子保尔,望着美丽的冬妮娅在白桦林中优雅地拉着小提琴,而转身扑向了为生存而必须拼命的生活。我不认为这是什么不幸。也许命运就是这么安排的。这种安排虽然使世界少了一个琴手,却多了一个成就还不错的大学教授。但有一点你必须记住:或许我们成不了肖邦,成不了一个靠音乐谋生的人。但我们

肖邦博物馆

心中不能没有音乐，不能没有在五线谱上跳动的精灵！音乐是抚慰穷人度过艰难岁月流动的火苗和不灭的心灯。在爷爷看来，音乐赋予你，是陶冶情操和感知美好的一个过程。有了这种永恒美的陶冶，音乐会跟随你一辈子，让你处处感知人间的真善美，感知生活哪怕是苦难的也有美的旋律流淌，也有琴键在手指之间流动着的袅袅希望。这种涌动于心灵深处的音符，会给你增添生活的勇气和追求美好的力量，甚至使你的容貌都会变得美丽动人起来。因为，你和你的生活就是音乐！

我知道你的志向很高，梦想成为像肖邦那样生活在五线谱中高傲的乐者。

那我就必须诚实地告诫你，从现在起你必须做好以下几点：

首先，你必须学会善良。善良是人类生命的本质。孩子，你在这个世界上什么都可以没有，但唯独不能没有善良。我多次告诫你的妈妈我的女儿，对孩子不要有太多的苛求，不要让一个幼嫩的生命去承担大人无法企及的愿望。一个孩子的最终命运不是父母赐予的。父母的唯一任务就是让孩子有一个美好的心灵，懂得人世间的爱。至于他们未来的命运，完全取决于他们自身的造化。我之所以这样要求你，是因为爷爷知道，善良是一切音乐的源泉！音乐本身就是通过不同的音符对人类生命在本质上的关怀！一个没有善良之心的人，一个面对人类悲苦不敢悲愤的人，就不要奢谈什么音乐！肖邦之所以称为大师，就是因为他格外的善良，他对他的祖国充满了无限的热爱。为了使他的祖国通过革命获得自由和解放，他不顾自己身染重病，到处办音乐会，到处巡演，而将全部收入捐献给了祖国的革命事业。在他得知自己的祖国被敌人占领后，他愤然前往法国，绝不做亡国奴，最后客死他乡，却让他的姐姐把自己的心脏埋回了祖国。这是人世间的大善，他因此成为人类历史上最受人们尊敬和敬仰的大师。你还小，这样伟大的举动你也许还理解不了，但是你可不可以这样去想：当你看到街头步履蹒跚的老婆婆你有没有想扶她一把的心动？当你看到大街上讨饭的乞丐老头，有没有想掰开手中面包送给他的冲动；当你看到街头受伤的小鸟，有没有想为它包扎伤口的念想？如果没有，爷爷劝你就此远离音乐！

其次，你必须学会努力！所有的天才都是努力的结果。我承认人是存在先天差异的。但先天的天赋，如果没有后天的努力，依然会成为无源之水，无本之木。肖邦所以称为肖邦，就是因为他从4岁起，在父亲的严格要求下，学弹钢琴，一直弹到音乐学院毕业。这种扎实的基本功训练，为他后来的创作打下了扎实的基础。所以，他可以娴熟地依照自己的想法和念头随意按下任何一个琴键，都是旋律，都是令人陶醉的音乐。宝剑锋自磨砺出，梅花香从苦寒来。中国古代民间艺术家的培养，讲究"夏练三伏，冬练三九"，才能练就一身过硬本领，才能掌握和驾驭跳动无常的音符，才能将变幻莫测的音符按照自己的意志编排成美丽的乐章。音乐家在某种意义上都是勤劳的疯子，所以他们才能感知了别人不能感知的旋律，才为这个世界留下了隽永的琴谱和动人的歌谣。

其三，你必须学会面对困难。人的一生就是在克服无数个困难的过程中成长起来的。你从出生到18岁，不知道要遇见多少风险，不知道要度过多少难关，才能够成长为成熟的人！等你18岁以后，又要面临更多的困难和问题，它们都是帮助你成长的阶梯。我记得鲁迅爷爷曾经说过一句话："走上人生的旅途吧。前途很远，也很暗。但是不要怕，只有不怕的人，前面才有路。"要在音乐领域成就一番事业，没有勇于克服困难的勇气和毅力，就找不到那深藏在生活高山之巅的美丽音符，就找不到那深藏在岁月大海深处的律动着的旋律。人生的壮丽常在险峻的高峰之巅，绝美的音乐多藏在大漠落日的悲怆之中。好孩子，努力吧！

要说的还很多，时间来不及了。但是我相信，从你指尖滑出的音符会告诉我你的感悟，从你拉出的稚嫩琴声里，爷爷会听到你的和声！

祝好！

爷爷

2017.10.29于华沙

奥斯维辛集中营天空中的哭声

——2017丝绸之路品牌万里行纪实之二十九

来到波兰奥斯维辛集中营，人们的心都是收紧的。阴沉沉的天空、阴森森的土地、阴嗖嗖的寒风，这一切都使人感到与外界不一样的寒冷。一张血腥的老虎口般的集中营大门，阴冷地张开着，天空中开始飘起了滴滴冷雨，似乎可以隐隐约约听到远处传来哀怨的哭泣声。

在第二次世界大战期间，德国法西斯为了进攻苏联，突然对波兰发动了闪电战，并迅速占领了波兰全境。在波兰，他们实行"灭绝犹太人"的反人类政策，建立起犹太人隔离区和奥斯维辛集中营，在其中关押、囚禁和杀害了近50万犹太人，犯下了灭绝人寰的历史罪行。

50万犹太人在这里受尽了人间的折磨，德国强盗在这里将用生命折磨生命演绎到令人发指的程度，将一个活生生的人间地狱建立在波兰的土地之上。

进入这个地狱，首先是一列默默躺在铁轨上的火车车厢，黑洞洞的车门敞开着，像在告诉你由这里吞进的是鲜活的生命，运出的是无数的亡灵。

列车下是空旷的土地，沙砾垫铺着通向死亡的通道。脚下的泥土是松软的，一脚踩下去似乎都可以踩出血来。我的心颤抖着，向空旷的四周望去，低矮的小草在寒风中抖动着，哭泣着，似乎每一颗小草都代表着一个逝去的生命，在绝望地向你诉说着这里所发生的一切。

进入集中营，一排排老旧的营房整齐地排列着，像是死亡预审室。营房里两排用厚重木料架起的床铺，曾经挤满了被虐待的等待死亡的犹太人。从房屋里可以明显嗅到浓浓的血腥味道，屋子里好像有无数个睁着恐怖眼睛的亡灵。犹太人及其革命者被押解到这里后，首先要将他们身上和行李里所有的金银财物、珠宝首饰全部除去，交给德国法西斯，据说这里每一次运来的犹太人解除的珍宝堆得像小山一样。然后检验头发和皮肤，被相中的头发要被剃下来做成化妆毛刷，白皙的皮肤将要被剥下来做成人皮灯罩。其实，住在这里等死的人们，他们的命运一开始就被分门别类地载入了死亡登记册。

集中营的深处就是解决这些生命的各种绞肉机。有枪毙犯人的刑场和集体屠杀的万人坑。当一个德国士兵举枪瞄准一位怀抱婴儿的妇女时，整个世界都停止了呼吸。从那位妇女抖动的曲线，可以看出她在轻声地哭泣，并将孩子紧紧地搂在自己的怀里，想让子弹先穿透自己再穿透孩子，给孩子多一秒钟活在世界上的时间。望着这幅真实的历史记录，我们所有人都潸然泪下，她所产生的震撼力久久敲击着我们的胸膛。在万人坑，一个德国士兵正在狰狞地用手枪射击一位青年，那位青年的眼睛绝望地望着天空，似乎是在向苍天做最后的呐喊，坑下是无数叠加在一起的尸体。

在用钢轨搭成的绞刑架上，成排地吊着死去的人群。他们有的已经被拗断了筋骨，鲜血流淌在地面；有的脖子向上扭曲着，张着嘴巴，似乎在向苍天怒号着他们的冤情和悲愤。绞刑架前面就是已经倒塌成废墟的"毒气室"，无数鲜活的生命从这里进入毒气室，在痛苦的窒息中走完他们人生最后的旅程。"毒气室"旁边便是"焚尸炉"，锈迹斑斑，烟囱高高地伸向天空，50万生灵就是在这里被集体化为一缕缕云烟，向阴森森的天空飘荡而去。一片乌云正好笼罩在焚尸炉的上空，更增添了这里悲愤和压抑的气氛，使你几乎不敢去仰望那一片绝望的天空和那一片带着千万幽灵的云彩。人类生命对生命的灭绝，在这里终于达到了惨无人道的最高层级。

如果不到奥斯维辛集中营，你对法西斯的理解也许会不那么具体而深刻；如果不到奥斯维辛集中营，你对用生命折磨生命的花样翻新也许不会想象的那么丰富。到了这里，你一定会发出消灭法西斯的怒号，如果你还稍微有一点人性的话！

我佩服欧洲人的这种整体化现场化的大历史观点。尽管那场惨绝人寰的战争已经过去，德国法西斯也得到了应有的惩罚。但花费巨额投资保留着这所占地上万亩的集中营旧址，整体化、现场化地向人们展示那一段让人悲痛欲绝的历史，使人们对法西斯形成完整的历史记忆和历史符号，是具有极为现实的历史教育意义的。相比之下，我国当前一些地方对历史遗迹保护的碎片化、娱乐化和商品化，比起人家来肤浅得多。也许这与中国人不喜欢悲剧的心理积淀有关。中国人总是喜欢将生活的悲剧戏剧化。阿Q那句"孙子打爷爷"的自嘲就是这种自虐心理的典型表现。其实，用喜剧形式掩盖的悲剧，才是更加可怕的悲剧。这不仅在于它将悲剧的真实掩饰起来，还在于它用这种虚假的形式欺骗了历史也欺骗了现实。其实，人世间最大的美在于残缺，在于历史或人为形成的不完美。悲剧是将生活的本质撕开来让你看，因而才震撼，才隽永，才难以忘怀！

如果不到奥斯维辛集中营，很可能不知道和平的宝贵。战争，特别是非正义的战争常常会把整个人类推入灭绝的血海，造成生灵涂炭。望天下城郭，多少次遍地狼烟；看人间正道，充满着无数的厮杀血染。自从出现私有制以来，人类总与战争的恶魔相伴而行，人类一次次制造了战争，又一次次毁灭着自己。但愿，人类能从奥斯维辛集中营的血腥中清醒过来，但愿奥斯维辛集中营的悲剧不再上演；但愿奥斯维辛集中营50万冤魂得到安抚，在德国总理特朗姆的下跪中得到解脱，但愿人类远离战争，让和平与发展的时代多延续一些时日。那么，丝绸之路经济带就是一条和平之路。

这是我们参观奥斯维辛集中营的原因。

纪／实／篇

布拉格之秋

——2017丝绸之路品牌万里行纪实之三十

我们2017丝绸之路品牌万里行车队来到捷克首都布拉格，已经是深秋时分。

秋天的布拉格以另一种别有的风韵，展示了她美不胜收的景色。这座建于1 000年前的古城，由于没有受到第二次世界大战的破坏，完好地保存着古拙宏丽的城市面貌，难怪是全世界唯一一个以整个城市被列为"世界文化遗产名录"的城市。

布拉格太美了，具有深厚的历史文化底蕴和丰厚的历史文化遗产。布拉格的老城区，完整保留了整整11个世纪以来各个历史时期独特的建筑。进入老城区，沿街是用青石块铺就的已经被行人踩得油光发亮的蜿蜒的道路，两边全是不同时期不同风格的中世纪建筑。有罗马式的圆形教堂，有哥特式主教座堂和巴洛克式的礼拜堂，还有文艺复兴时期的宫殿和花园，以及新艺术风格的建筑，展现了立体主义和现代流派的建筑意识和建筑风格。全城的最高处，是耸立在伏尔塔瓦河边的布拉格城堡，这座哥特式城堡建于1344年，是捷克国家精神的象征。站在王宫高处可以鸟瞰秋色中的布拉格。金色的教堂圆形屋顶与秋色中昏黄的夕阳交相辉映，伏尔塔瓦河的粼粼秋波同古老的查理桥相互衬托，把古老的布拉格装扮得分外美丽，分外妖娆。

秋天里的布拉格，层林尽染，满城绿茵茵的草地，树木在肃杀秋风中飘落的叶子，将大树周围染得一片金黄，在绿色草地与金色秋叶的相互嬉戏中，人们感到了秋的来临。而在布拉格，渲染秋色到来最显耀的景点则是万人瞩目的耸立在市中心广场的市政厅和天文钟。这座建于1338年的哥特式建筑，镶嵌着建造于14世纪的天文钟，这座天文钟每到整点就鸣笛敲钟，在钟表的顶部会出现万能天主的12位圣徒，依序从人们眼前走过，大钟周边的360个刻度，据说是每天祭奠一位圣人。广场上的人们，集中在大钟下面，以虔诚的心情仰望着窗口，等待钟声的响起，万众欢呼，钟声伴随着欢呼声在秋日里荡漾开来，传得十分辽远。

其实布拉格最有特色的要数查理桥。这个坐落在伏尔塔瓦河上由查理四世1357年建造的通向王宫的多孔沙崖大桥，将布拉格的山水集合在一起，使河水、桥和宫殿连为一体，相互辉映。伏尔塔瓦河清澈的河水环绕着布拉格宫缓缓南流，几只雪白的天鹅浮在水面，捕鱼栖息，不时还引颈高歌，使人想起芭蕾舞剧《天鹅湖》。桥上有陆续建造的30个圣人缤纷多姿的雕像，每一个雕像都讲述了一个优美动人的故事。正因为这些雕像如此生动照人，才吸引了无数的游客，组成一个缤纷多彩的世俗世界。

在查理桥上，有两个不同风格的乐队在桥段两头演奏着动听的乐曲，这乐曲从桥下的桥孔中穿透到水面，激起层层涟漪，与白天鹅滑出的清波相互激荡，形成一个优美的艺术世界。一对新婚夫妇在桥上拍照，新娘雪白的纱裙与娇媚的脸庞，向世人炫耀着他们的幸福，引得几个路过的姑娘眼里流露出羡慕的目光。而在他们的旁边，一位老者，默默地坐在桥上，一脸的络腮胡子显露出他饱经风霜的苍凉，他就那么静静地坐着，没有谄媚和乞讨，没有强装可怜的扮相，只是身旁的一个破旧的小帽，向人们默默地眨着乞讨的眼睛。

老者的旁边是一位脸色冷峻的乞讨者，猩红色破旧的毛毯围在他的身上，怀里抱着一条瘦弱的小狗，也是默默地接受世人同情的目光，只是那只小狗的眼神里流露出几分垂怜的盼望，人们为之动容，纷纷将钱币扔进他们身旁的一个破罐之中。这就是查理桥每天都在演绎的人间故事。这些故事与桥头的30个圣人组成了极为美妙的天上人间与凄凉尘世的碰撞。而这种碰撞又随着伏尔塔瓦河流向遥远的远方，增添了查理桥在秋色中的几分惆怅。

布拉格景色

望着秋色里的布拉格，我不得不佩服捷克人深邃的历史目光。他们以超越历史的眼光费尽心思保留了这座辉煌的中世纪古城，为人们留下了中世纪社会生活的真实画卷，为我们保留了极为珍贵的人类文化遗产，也为捷克的旅游业和老城繁荣的商业构建了一个发展的基础。难怪，在中欧国家里，捷克是社会转型比较成功，社会经济比较发达的发展中国家。因为，布拉格的历史文化积淀给了他们这种超现实的历史维度。

与人家相比，我们在历史文化遗产保护方面，就缺乏这种超现实的历史维度。近几年，随着国内旅游业的兴起，各地都在恢复历史上的小镇，大批粗制滥造的小镇同质化地被批量生产出来。可是我们并不知道，历史可以相似，但历史绝不可能复制。历史就是刚才发生过的事情，一去而不复返。假造的历史城池与编造的历史故事，一样地自欺欺人。希望国内的同志们来布拉格好好看一看，也许会受到某种历史的启迪。

这再次证明，丝绸之路也是文化之路！

邂逅维也纳

——2017丝绸之路品牌万里行纪实之三十一

2017丝绸之路品牌万里行采访团在前往斯洛伐克的过程中,途径奥地利的维也纳,使我第一次邂逅维也纳。

也许是缘分吧。我们从中国出发前往欧洲的一个多月里,天公作美,基本上都是秋高气爽的艳阳天。唯独进入奥地利境内,天空开始下起了小雨,进入维也纳郊区已经变成了瓢泼大雨。雨水撒泼在车身上,在风力的作用下,在车窗上划出了几道明显的雨线,大颗的雨点就像是雨线上跳动的音符,大雨在车外就像在演奏那一首著名的《雨中曲》,溅起了快乐的浪花。坐在车内,我不得不佩服就连维也纳的雨也带有音乐范儿。也许音乐太圣洁了,她让我们必须以整洁干净的姿态进入她的怀抱。

可进入维也纳市区,天空竟然放晴了,乌云翻卷着向东南急速奔去,却把一片明亮的天空留给了我们,留给了维也纳,留给了进入我们视线的多瑙河!

多瑙河真的是蓝色的呀！一泓蓝得可以见底的河水，在维也纳的身旁缓缓流过，就像给维也纳穿上了一件绿纱织就的轻柔的舞衣，使雨后的维也纳如出浴的圣女，在朦胧之中显露出她婀娜多姿的秀丽身材。河上一艘艘雪白的游艇，在蓝色的多瑙河里奋力畅游，划出的波纹像在多瑙河上摆弄的五线谱，使人不由得想起那首唱响世界的著名圆舞曲《蓝色多瑙河》。那荡漾在世界人们心中的璀璨轻柔的舞曲，伴随着眼前蓝色的多瑙河，一起在跳动旋转，使我一下子跌入了音乐圣洁的殿堂。

我们车里的地面导游说了声，大家注意，前边就是享誉世界的"金色大厅"，是全世界艺术家们向往的殿堂。大家顿时振奋了起来。向远处望去，"金色大厅"真的是金色的。用金粉装饰的金色屋顶在雨后夕阳照射下，熠熠闪光，放射出灿烂的光芒。望着金色大厅，联想到近些年来，中国许多著名的音乐家、歌唱家都在这座世界艺术殿堂里放声歌唱，将"中国故事""中国智慧"用艺术的形式演绎出来，传播出去。"金色大厅"在中国人民心中再也不是那么神秘和高不可攀了。一个发展中的东方大国，一个有几千年音乐发展史的国家，一个有巨大财富作为后盾支撑艺术发展的国家，完全有能力有条件在维也纳金色大厅取得一席之地。当每年春节，由我国艺术家在金色大厅举办"新年音乐会"，当悠扬的中国乐曲《好一朵美丽的茉莉花》飘荡在金色大厅的时候，我都激动万分。尽管那一刻维也纳的金色大厅离我还很遥远。可今天，金色大厅就在我的眼前，我仿佛听到了二胡名曲《二泉映月》，一个中国流浪艺人创作的充满无限忧伤的乐曲，能在金色大厅里让一轮明媚的月亮缓缓升起；我仿佛听到陕北妹子王二妮那一首甜美动人的《兰花花》，在金色大厅里高歌吟唱，向世界述说着一段凄美的中国爱情。金色大厅是世界的，也是中国的。

距离金色大厅的不远处，就是维也纳国家大剧院。一座哥特式的宏伟建筑，也因它在世界艺术史上的崇高地位，而引起人们的顶礼膜拜。可惜我不是艺术家，不能在维也纳国家大剧院演出一场歌剧《罗密欧与朱丽叶》。但是，我与我的音乐界朋友早年有过一个宏愿，我们一定要收集埋藏在人们心中快被遗忘的土得掉渣的陕北民歌，然后找世界

纪／实／篇

最著名的歌手，在维也纳国家大剧院举办一场《中国陕北民歌国际演唱会》，将中国真正具有人民性的最好的艺术介绍给全世界。尽管那时我并不知道维也纳国家大剧院是什么模样，尽管我们为此还专门去陕北进行了几个月的民间采风，尽管后来我的朋友们因为工作关系而分散各地，但这个宏伟的愿望始终在我们心头萦绕。今天一见到维也纳国家大剧院，那一首在我心头缠绕多年的陕北民歌"走遍了千山万水，才知道妹最美，跨遍了沟沟壑壑，才知道妹的情最贵。我要像兔子般地回到妹身边，搂着妹妹美美地睡一回"立刻在心头飞升了起来，变得具体而鲜活了起来，使我多少有一些老泪朦胧的感觉。

在雨后的斜阳下，我们参观了维也纳著名的西西里皇后公园。这个作为奥匈帝国王后的花园，竟然占据了那么广阔的空间。金黄色的宫殿巍然耸立，一字排开的楼台亭阁向人们展示着奥匈帝国的一世雄浑。皇宫后的大花园，集中了欧洲中世纪一切艺术形式，数百座具有浓郁文艺复兴时代艺术风格的塑像竖立在花园的各个角落，使花园就像一座艺术博物馆。有《许愿池》的细腻精心刻画，有《海神归来》的大型集体群雕，有《亚当与夏娃》的呢喃爱情的传说，琳琅满目，美得让人目不暇接。而其中最令我震撼的则是巨型雕塑《帝国花园的崩塌》，残墙断垣，巨石横斜，树阴池水，蛙鸣夕阳，它与罗马广场的《帝国废墟》同样张扬着残缺的美，同样揭示了历史的兴衰跌宕。而《红楼梦》中那一首《好了歌》注："陋室空堂，当年笏满床；衰草枯杨，曾为歌舞场。蛛丝儿结满雕梁，绿纱今又糊在蓬窗上。说什么脂正浓，粉正香，如何两鬓又成霜？昨日黄土陇头送白骨，今宵红绡帐底卧鸳鸯。金满箱，银满箱，转眼乞丐人皆谤。正叹他人命不长，哪知自己归来丧！训有方，保不定日后作强梁；择高梁，谁承望流落在烟花巷！因嫌纱帽小，致使锁枷扛；昨怜破袄寒，今嫌紫蟒长。乱哄哄，你方唱罢我登场，反认他乡是故乡；甚荒唐，到头来都是为他人作嫁衣裳！"正可以作为对废墟最好的注解！

我邂逅维也纳，竟这样的匆忙！尽管如此，她还是在我的心头镶嵌下永久不灭的印象！

纪\实\篇

那人、那水、那山

——2017丝绸之路品牌万里行纪实之三十二

2017丝绸之路品牌万里行车队从西安出发，经过哈萨克斯坦、俄罗斯、波罗的海、波兰、捷克，都在广阔的平原上驰骋，车轮滚滚，一路烟尘。自进入奥地利、斯洛伐克和斯洛文尼亚以后，开始进入了道路蜿蜒起伏，高低不平的山区。车队沿着阿尔卑斯山最东端的山脉，颠簸前行，道路两旁呈现出与平原截然不同的景色。

阿尔卑斯山是欧洲的父亲山，它孕育了全部的欧洲文化。阿尔卑斯山脉自地中海海岸法国的尼斯附近向北延伸至日内瓦湖，然后再向东北伸展至多瑙河上的维也纳。它的东段从布勒内山口到斯洛文尼亚，被称为东阿尔卑斯山。我们的车队就沿着东阿尔卑斯山，蜿蜒向前。这里已经不是一眼望不到边的空阔，而是苍山滴翠，云海生风，整个车队似乎在林海中穿行。远处阿尔卑斯山的高峰在清晨阳光照耀下一片白雪皑皑，像一个穿着白色铠甲的勇士，让人感到吹过来的山风也带有阴冷的肃杀之气。漫山遍野、莽莽苍苍的丛林，在阿尔卑斯山山风的抚摸下，哗哗作响，像是在歌唱着动人的歌谣。森林摇曳着绿色的波浪，让散居在山间的小屋和村庄像是在绿色林海中航行的小船，颠簸着红、黄、白各色的桅杆，时而隐匿在层峦叠嶂中，时而不经意之间又耸立在大路的两旁。整个蜿蜒起伏的山峦，除了绿林，就是青草，几乎没有一寸空旷裸露的土地。我一直纳闷，奥地利、斯洛伐克和斯洛文尼亚这些依傍在阿尔卑斯山中的国家，为什么在不能种植林木的土地上都植满了青草？这些青草完全是人工种植的结果，而且草地被精心修剪得平整如茵，没有任何蛮荒的迹象。地面导游告诉我，这几个山地国家，为了保护生态，对在山区种植青草的农户专门进行国家财政补贴，鼓励农户加强植被的营造。所以，来到这些国家，才能真正理解什么叫"植被"的绿色概念。

　　山青自然水秀，峰高必然流长。阿尔卑斯山脉又是欧洲所有大江大河的分水岭。欧洲著名大河如多瑙河、莱茵河、波河、罗讷河等，均发源于阿尔卑斯山的崇山峻岭之中。其中东阿尔卑斯山的众多河流，最后都流入多瑙河，再汇入黑海。在东阿尔卑斯山脉的莽林中流淌着清波荡漾的河流，它们有的在山间淙淙欢唱，流动着轻快的音符；有的轰轰隆隆倾泻着千钧波涛，飞溅的浪花与摇曳的树木形成了合唱；这些大河小溪最终都汇入了绿色的多瑙河。所以，多瑙河又是中、东阿尔卑斯山国家的母亲河。在山林间流淌的多瑙河不是蓝色的，那是它奔出丛林后呈现的颜色，而是绿色的，像身披绿色绸缎的贵妇人，雍容华贵，和缓悠然地抚摸着山间的丛林，亲吻着两旁的草丛青藤，然后潇潇洒洒地向黑海奔去。东阿尔卑斯山丛林中的多瑙河是忽闪忽现的，呈现出神龙见首不见尾的诡异。当你正要感叹她的伟大和从容时，她突然隐身在高峰险岭之间，不见了踪影。可当你疲惫地想合上眼睛时，她又突然大气磅礴地出现在你的眼前。多瑙河就这样孕育灌溉着沿岸奥地利、斯洛伐克和斯洛文尼亚等国家的土地和庄稼，使这片巴尔干半岛上的土地，充满了勃勃的生机。

在东阿尔卑斯山下多瑙河旁生活的人民，得天地日月之精华，勤劳淳朴，勇敢善良。他们在阿尔卑斯山的羽化之下，有着山峰一样倔强不屈的男人，又有着在多瑙河抚育下柔美温顺的姑娘。这些国家处处都散发着阿尔卑斯山的气质，闪烁着多瑙河聪慧的光芒。所到之处，人们平静而悠闲地生活在绿色的丛林和江河怀抱之中，闲庭信步，子曰江上。尤其是斯洛伐克首都布拉迪斯拉发的老城，建设得高贵典雅，既有中世纪的古朴，又充满现代生活的情趣。漫步在小城的街头，石子铺就的古拙街道，不时迎面闪现着现代艺术光辉的塑像，恰到好处地牵引着人们的兴致。在小城中央广场的一个长椅的背后，有一个与真人一模一样的铜铸人物塑像，俯首在长椅之上，使你坐在长椅上会按捺不住兴趣抚摸他的脸庞，在心灵之间与这个小城的守护神进行友好的接触；在街巷拐角处，下水道打开的井盖前，一个铜铸的疲惫的工匠半身趴在井沿之上，用充满艰辛和幽默的眼神打量着他为之辛劳的城市。整个小城沉浸在静谧温馨的氛围之中。几家酒吧里，三三两两的男人在橘黄色灯光下喝着啤酒；一家酒吧里，一位歌手弹着吉他轻声吟唱动人的歌谣，旁边的俊男靓女一个个听得如痴如醉，沉浸在音乐的抚慰之中。小巷的背阴处，一对青年在深情地拥抱接吻，享受专属于他们的甜蜜爱情，远处一位吹奏卖唱的萨克斯手，用低沉的音色为他们的爱情进行着默契的伴奏。而小城的老门洞旁，一位苍老的拾荒者，默默地坐在地上，轻轻地打着鼾声，像是给小城伴奏起疲惫的催眠曲。在这个作为国家首都的老城里，一切都显得和缓、悠然和惬意，从而显露出一种与世无争的生活状态。

在一个经济还属于发展中国家，却出现这种后现代化的生活状态，似乎是矛盾的，又似乎是合理的。这也许是这些中欧发展中国家经济难以走向快车道的文化基因，但同时又先验地揭示了实现现代化后的生活场景，这是需要我们认真思索的。在这个时候，中国政府提出的建设丝绸之路经济带倡议，会给他们的生活带来什么变化呢？

这是我走在丝绸之路上，看到的那人、那水、那山！

萨格勒布印象记

——2017丝绸之路品牌万里行纪实之三十三

我对克罗地亚的认识是从世界杯足球赛开始的。在第十八届世界杯足球赛上,克罗地亚队英勇顽强,表现得十分出色。特别是他们每赢一球,就与本国的球迷一起拍手并发出阵阵的怒吼声,威风凛凛,声震球场。至于克罗地亚的首都萨格勒布,我基本上没有印象。

这次随2017丝绸之路品牌万里行采访团,来到克罗地亚这个南斯拉夫联邦国家的首都萨格勒布市,了解了这个坐落在梅德韦德尼察山脚下的百年古城,给我留下了深刻的印象。

萨格勒布市分为新、老两城。老城是建立在13世纪以来的萨格勒布王宫,新城区是克罗地亚从南联盟独立出来以后,将萨格勒布列为国家首都后扩建的。新老两城由横穿全城的萨瓦河将其划分成南北两半。萨瓦河湛蓝色的河水清澈见底,游船与天鹅同在,晚霞与野鸭齐飞,给这个城市增添了不少的情趣。城中到处是绿色的植被,百年粗大的树木,绿荫覆盖着青青的草地，从城边萨瓦河吹来的微风，抚慰着这座古老而又年轻的城市。立秋后的气候凉爽宜人，据说这座城市距离黑海很近，海风从远处刮来，裹挟着丝丝的暖意，让这座城市最适合人们居住。全城284平方千米，只有不到80万人口，还没有西安一个区的人口多，所以，大街上显得空旷冷清，旧式有轨电车行进中发出悦耳的铜铃声，给这座古城增添了历史美感。

阿尔卑斯山牧场

进入老城区，首先看到的就是圣母升天大教堂，它是全城最高的建筑。两座巴洛克式尖塔耸入云霄，成为全城的地标，像两双慈悲的眼睛俯瞰着全城的芸芸众生。教堂前的英雄纪念柱，金光闪闪，在晚霞的映照下放射着璀璨的光芒，为这座城市增添了不少英雄的气质和母爱的温存。

走出圣母大教堂，沿着鹅卵石铺就的五彩小道向老城的腹地迈进，两旁商店的橱窗里五彩缤纷，特别是两种标志性商品闪烁着了克罗地亚人的智慧之光。一样是"克罗地亚之心"，一种用瓷泥制作的心形红色小物件，中间镶嵌着一个拇指盖大小的镜子，当你把它作为礼物送给你的朋友时，他（她）的形象就会照在镜子里，表达了"你在我心中"的无限爱意，也表现了克罗地亚人热爱朋友、热爱生活的美好情趣。另一样是男人的领带。萨格勒布是全世界素负盛名的出产领带地区，它们出产的领带品质高雅，花色图案绚丽多彩，大多数出产的领带都是限量定制，价格不菲，是男人财富和地位的象征。一家领带店前的巨型领带广告，醒目地标志着萨格勒布的骄傲。

小街的尽头是老城的南门，原先有兵士把守，现在改制成一个临街教堂，著名的圣母玛利亚金色画像悬挂在城墙的正中央，旁边是几排座椅临街而放，几个信徒在默默地祈祷，脸上挂满虔诚，连我们走过去也觉得分享了一丝圣光。步入南门即为中央广场。用马赛克镶嵌的大教堂在夕阳的照耀下熠熠闪光，它现在是克罗地亚国家的国会所在地，国会旁边是议院和市政厅，集中了克罗地亚的最高权力机构。国会大厦正对面是政府大道，有民政局、电信局等国家单位，民政局是专门发放结婚证的地方，是法定婚姻的神圣殿堂。每天不知有多少幸福的伴侣在这里取得婚姻证书，古老的彩色马车会拉着一对新人，用最古典的方式绕城一周，炫耀自己的幸福，也给老城增添了几份喜庆的色彩。奇怪的是，离民政局不远的地方却有一家"失恋博物馆"。据说这所失恋博物馆收藏了全世界不同国家和地区失恋的书信与信物。当你想将带给你无限痛苦的失恋忘却，不至于见物生情，便可以将这些信物存放在这所博物馆，留下一段隽永的美好回忆。民政局连接着失恋博物馆，这正是西方人的一种理智和幽默的思维方式。因为，在结婚前的恋爱阶段，失恋的事是会经常发生的，而结婚后也会因各种原因导致离婚，离婚也是爱的失联。这都与失恋博物馆有关。有一个专门收藏人们悲情的地方，以帮助人们存放那不能忘却的回忆。

下了老城就到了城市的中心广场。一座伟人的雕像在夕阳里默然屹立，他深情地注视着周围的人们。广场四周的临街酒吧坐满了谈笑风生的游客，不时有漂亮的克罗地亚姑娘从广场匆匆走过，有的手里还拿着鲜花，脸上洋溢着羞涩和幸福的光芒。雕像下一位年轻的母亲带着小姑娘在嬉戏玩耍，漂亮的小姑娘会让你相信克罗地亚的明天充满着希望，而年轻母亲交叉着双腿，双手抱肩，听任海风吹乱她的金色长发，在晚霞里显得那么的美不胜收，几乎是一件活脱脱的现代版塑像。她与广场的男性塑像形成了伟岸与温柔、历史与现实的遥相呼应，使我想起了中国清代的一幅名画《盛世滋生图》。

  生活在这里的人们是安静、沉稳和幸福的。但街头不时闪现的拾荒者与坐在街头角落乞讨的老太婆，让我意识到一个发展中国家难以掩饰的窘态和亟待发展的强烈渴望。由此想到中国提出建设丝绸之路经济带的倡议，无疑给丝路沿线国家人民带来了通向幸福的最佳路径。可以说，丝绸之路是幸福之路！

用和平保卫萨拉热窝

——2017丝绸之路品牌万里行纪实之三十四

2017丝绸之路品牌万里行车队经过克罗地亚，进入了波黑的首都萨拉热窝。这个伟大的城市，在20世纪80年代因塞尔维亚著名演员韦利米尔·巴塔·日沃伊诺维奇主演的一部表现二战期间南斯拉夫人民反抗德寇侵略的电影《瓦尔特保卫萨拉热窝》而名扬天下，尤其是瓦尔特独身炸大桥的场景，不知道获取了多少中国热血青年的爱国情怀。

如今二战结束70余年了，韦利米尔·巴塔·日沃伊诺维奇去世了，南斯拉夫联邦解体了，波黑战争也过去二十多年了，在和平发展的时代阳光照耀下的萨拉热窝，再也不需要饱受战争煎熬，经历需要人们用献血和生命去保卫它的悲怆境遇，今天的萨拉热窝更需要用和平来保卫。

萨拉热窝是一个依山傍水的美丽城市。它位于萨拉热窝河谷之中，被浓密森林所覆盖的丘陵地和高山所包围。这些高山常年被冰雪覆盖，为萨拉热窝提供了强大的发展动力。这些高山山顶白雪皑皑，由于雪水的丰沛，顺流而下灌溉了肥沃的土地，使山区苍山碧绿，禾稼盈野，整个城市隐蔽在绿色覆盖的丘陵之中。依山顺势，民居宅院梯次伸展，形成层次性很强的倾斜性城市构造。发源于帕莱山的萨拉热窝河，自城东侧流经市中心向城西汇入波斯尼亚河，成为贯穿全城的重要地理标志。建立在斜坡之上的萨拉热窝古城，就像一个背靠雪山被绿色覆盖的美丽宫殿。早在古代就有伊利里亚人生活这里。但是，萨拉热窝又是一个充满了苦难的城市。"人猿相揖别，充满郊原血"。一部萨拉热窝城市史就是一部血腥的人类征战史和杀戮史，萨拉热窝在汩汩流淌的血泊中完成了自己的成长，在一个个充满着血色的黄昏中迎来了自己的黎明。1945年4月6日，萨拉热窝从纳粹的占领之中解放出来。战争结束时萨拉热窝的人口有115 000人，成为萨拉热窝发展的高峰期。两次波黑战争，几乎血洗了萨拉热窝，使萨拉热窝至今还没有从战争的创伤中完全恢复过来。

当我们车队来到萨拉热窝时，远郊到处可以见到废弃的房屋和没有人迹的陋室空堂，"萨拉热窝包围战"时构建的碉堡、工事，给原本碧绿的原野增添了几份悲凉的成分。进入市区，虽然经过20余年的整治，但战争的创伤依然随处可见，繁华大街上到处可以看到弹痕累累的楼房和已经倒塌的废墟，就是在已经作为旅游景点的萨拉热窝老城区，虽说是游客不断，但仍然可以在古色古香的街道里，看到战争留下的印迹，感受到战争的阴冷。

这些斑斑的战争痕迹，默默地向人们诉说着战争的毁灭和人民承受的苦难。一个城市有一半人死于一场战争，这在人类战争史上都并不多见。所以，在萨拉热窝，无论是郊野荒村，还是繁华都市，随处可见大片的墓地，每个坟头飘落的白花和墓主的照片，给这个城市增添了不少阴冷肃杀的气氛，使战争的阴影在人们心头久久挥之不去。

我很佩服萨拉热窝人民的历史气度。他们并没有刻意抹去战争给城市造成的破坏，也没有粉饰战争的斑斑劣迹。他们心态坦然地面对历史的过往，就让那些弹痕累累的楼房，耸立在繁华的都市街道，默默地向人们诉说萨拉热窝经历的一场场战争。这种现代战争所造成的残缺,向人们展示战争的残酷和毁灭,用冷静的态度看待自己城市所经历的那一页页难以忘却的苦难和浩劫。这正是欧洲人一种大历史的宏观价值观。

我的心没有在萨拉热窝的充满古色古香的小巷里荡漾,也没有去那些闪烁着珠光宝气的店铺里游逛,我总想寻找几样希望能够看到的东西,借以慰藉自己悲怆的心灵。我还是寻找到了。

这一是和平鸽。萨拉热窝的和平鸽,是我从哈萨克斯坦一路走来所经过的数十个城市里养得最多的。它们随处可见,在公园里、在楼房前、在河岸旁、在大街上甚至在地下的汽车车库里,都可以见到它们的身影。一个城市养了那么多的和平鸽,一定与战争的灾难沉重有关,它真切地反映了这个城市居民对和平的盼望。

二是鲜花。在萨拉热窝到处可以见到花店,到处可以见到花坛,就是简陋的城市民居前一般也会置放一两盆鲜花。所不同的是,这些鲜花并没有绽放在园林池沼,曲幽香径,而是开放在累累弹痕的楼房前,这是一种具有极大震撼力的历史暗示。一面是弹痕斑驳的楼房,一面是昂扬怒放的鲜花,这种强烈的对比,一定是在对战争中死难的亡灵进行着祈祷和安抚,但愿他们苦难的灵魂能够在天堂的花丛中得到安息!同时也是对美好生活的祝愿。希望生活离开战争的阴影,能够像鲜花一样花开富贵,吉祥安康。

三是街头乞讨的老妈妈。虽然在我们经过的十数个东欧城市里,我们也曾经见过各色的乞丐,但唯独这位白发苍苍、浑身佝偻的老妈妈使我产生一种悲凉凄楚的感觉。这是因为在萨拉热窝的大历史背景下,在布满弹坑的楼房前,在繁华大街的小巷口,在凄沥沥的秋雨中,这位老妈妈裹着已经被淋湿的外衣,在凄风冷雨的大街上乞讨。当她看见我是一位外国人时,犹豫了一下,慢慢地将自己伸出的手缩了回去,脸上挂着慈祥和歉疚的表情。那一刻,我深深理解了中国政府提出建设丝绸之路经济带倡议,确实是为丝路沿线国家人民带去了通向生活富裕的幸福之路,是为了与丝路沿线国家人们建立起利益共同体和命运共同体。

呜呼,安得广厦千万间,大庇天下寒士俱欢颜!这不正是我们建设丝绸之路经济带的共同愿望吗!

纪\实\篇

贝尔格莱德的多瑙河

——2017丝绸之路品牌万里行纪实之三十五

在没有来欧洲之前，知道多瑙河，主要是因为是那一首世界名曲《蓝色多瑙河》，只知道多瑙河在波兰。这次随2017丝绸之路品牌万里行采访团途经奥地利、克罗地亚、塞尔维亚才知道多瑙河在欧洲是仅次于伏尔加河的第二长河。它发源于德国西南部，由西往东流经沿岸十多个国家最后在罗马尼亚东部的苏利纳注入黑海。她是欧洲的母亲河。这次我们欧洲之旅，在波兰最初遇见了多瑙河，随后就追随着她的足迹，直到站在塞尔维亚首都贝尔格莱德的萨瓦河与多瑙河的交汇处，才真正认识了多瑙河。

之所以认识多瑙河，是因为首先认识了萨瓦河。萨瓦河发源于意大利、奥地利和斯洛文尼亚三国交界处的尤利安阿尔卑斯山脉的特里格拉夫峰群，由北往南流经斯洛文尼亚、克罗地亚和塞尔维亚，灌溉着沿岸10万公顷的土地，成为这些国家发展的强大动力。萨瓦河与多瑙河相遇，就像女儿投入母亲怀抱一样，共同携手流向黑海。当我们站在贝尔格莱德千年古堡的"白堡山"上,观望萨瓦河与多瑙河时,不得不为塞尔维亚的锦绣河山所折服。

站在"白堡山"上,一片苍茫大地展现在眼前。远处偌大的贝尔格莱德城覆盖在浓密的绿色之中,莽莽苍苍,一片林海,吐纳着整个贝尔格莱德城所需要的氧离子,调节着这座都城的清新空气。山脚下清澈的萨瓦河,缓缓地从贝尔格莱德城穿过,像一条绿色的锦带环绕在贝尔格莱德城身上,河面上汽笛声声,白帆点点。萨瓦河承载着塞尔维亚的物流运输,也承载着塞尔维亚心头的希望。繁忙的码头上人声沸鼎,客货轮船进进出出,一群海鸥追随轮船,在寻找食物中上下翻飞,给萨瓦河增添了生动的景象和动态的美丽。随着萨瓦河由北向南的滚滚波涛顺流而下,不远处就碰到了由西往东流的多瑙河。与萨瓦河相比,多瑙河更加宽阔,更加深沉凝重,在两河交汇的水面处,山水辽阔、渺渺茫茫的苍穹大地,一下子将贝尔格莱德城特有的帝王气象烘托了出来,与我国钟山下六朝帝都的南京有极为相似之处。难怪,在中东欧的国家名城中,波兰的华沙,充满着秀气;捷克的布拉格,充满着古气;而贝尔格莱德作为南斯拉夫联邦首府和今日塞尔维亚首都,则充满着大气。它以其雄视六合的霸气在南斯拉夫联邦六国中首屈一指。

布尔格莱德的多瑙河

纪/实/篇

望着贝尔格莱德白堡山下苍茫辽阔的塞尔维亚大地，辛弃疾那句千古名句"郁孤台下清江水，中间多少行人泪。"不由自主地浮上了我的心头。南斯拉夫共产党的失败，不在于社会主义道路探索的失败，而在于对复杂的社会和民族矛盾处理的举措失当。由此证明了"道路决定命运""道路决定一切"这一社会主义发展史上颠扑不破的真理。我不得不为南斯拉夫共产党感到深深的惋惜和悲哀。就如同南唐后主李煜写的那首《破阵子》："四十年来家国，三千里地山河。凤阁龙楼连霄汉，玉树琼枝作烟萝，几曾识干戈？一旦归为臣虏，沈腰潘鬓消磨。最是仓皇辞庙日，教坊犹奏别离歌，垂泪对宫娥。"

社会主义在南斯拉夫"企业自治"模式试验的失败，为中国共产党寻求中国特色社会主义发展道路提供了深刻的历史教训。中国共产党的智慧之处就在于，从和平与发展的时代条件出发，在认真总结其他的社会主义（包括南斯拉夫）成败得失经验教训的基础上，在认真总结中国社会主义建设和改革开放的经验和教训的基础上，带领中国人民历经千辛万苦终于找到了一条符合中国国情的中国特色社会主义发展道路。并

烟雨苍茫的阿尔卑斯山

依靠这条光明道路,在短短四十年时间里,创造了人间奇迹,将一个贫困落后的中国,改造成为繁荣昌盛位居世界第二经济体的中国。而当前提出的建设丝绸之路经济带的倡议,就是与丝路沿线国家一道,探索一条建立在新的国际贸易体系和新的国际经济秩序基础上的丝路命运共同体的发展道路,将"道路决定命运"的中国经验和中国智慧推广到丝路沿线的国家和人民中去。我们丝绸之路品牌万里行活动正是承担着这样的任务。

"唤红巾翠袖,揾英雄泪!"我就是怀着这样复杂的心情,离开了贝尔格莱德,踏上了通往马其顿的道路。

纪 / 实 / 篇

马其顿的光荣与梦想

——2017丝绸之路品牌万里行纪实之三十六

马其顿很大，马其顿也很小。在大小的转换跌宕之中，形成了马其顿的发展史。

马其顿确实很大。因为马其顿出了个亚历山大皇帝，他带领马其顿的勇士们，金戈铁马，横扫了欧、亚、非几大洲，建立了横跨欧亚非几乎占据半个世界的神圣马其顿帝国。亚历山大是马其顿首都佩拉人，早年曾师从古希腊著名学者亚里士多德，以其雄才大略，先后统一希腊全境，进而横扫中东地区，不费一兵一卒占领埃及，荡平了波斯，并将大军开到印度河流域，在印度河谷建立了两座亚历山大城，迅速占领了印度西北的广大地区。他想进一步征服印度的心脏地带，向恒河流域进发。但此时亚历山大的士兵已厌倦了长期的紧张战争，再加上印度的炎热、暴雨和疾病，他们拒绝前进，要求回家。他们纷纷举行集会，发生哗变，印度的土著居民也群起反击。亚历山大在万般无奈的情况下，于公元前325年，将大部队撤出印度。

　　战争平息后，亚历山大着手建立了强大的马其顿帝国。其版图东起葱岭与印度河平原，南至波斯湾并包括埃及，西到希腊，北抵黑海和阿姆河，征服全境约500万平方千米。马其顿帝国是当时世界上最大的奴隶制王国。如果不是常年征战损害了他的身体，使这位伟大的战略家、政治家、军事家、文学家英年早逝，亚历山大很可能会统治这个世界。这是让马其顿人最引以为傲的。所以，他们在首都斯科普里建立了硕大的"马其顿广场"，有威武的亚历山大骑在战马上挥剑远方的青铜塑像，成为马其顿人心中的丰碑和精神支撑。

马其顿亚历山大广场

　　但是，历史是轮回的。亚历山大英年早逝后，马其顿就陷入了权力纷争的混乱之中，使亚历山大帝国的实力遭到了破坏。11世纪后，土耳其奥斯曼帝国兴起，攻陷了马其顿，建立了土耳其人在马其顿的数百年统治。在以后的第一次和第二次世界大战和巴尔干半岛战争中，马其顿进一步被瓜分，今天的马其顿，国土面积只有2.5万平方千米，人口208万，首都斯科普里只有50多万人，是南斯拉夫联邦中经济实力最薄弱的国家。这种经济的落魄和国力的衰微，使联合国都不允许他们直呼马其顿，而必须在马其顿前面加一个"前南斯拉夫"的限定词。

　　在我们2017丝绸之路品牌万里行来到马其顿的日子里，我们深感马其顿经济发展的滞后。与两侧的塞尔维亚与保加利亚相比，马其顿的土地是贫瘠的。走在这两个国家，所到之处都是一片绿油油的大地，充满着发展生机。唯独夹在两者之间的马其顿的土地是枯黄的、贫瘠的，即便是有些森林，也是稀稀拉拉的，远没了当年亚历山大帝国所具有的勃然大气。同时，物价的水平也能反映马其顿经济的困顿。在整个南斯拉夫地区，马其顿的物价是最低的。我们采访团的几位喜欢吸烟的同志，到佩拉的烟店买烟，1000个第纳尔可以买一条质量不错的香烟。由于我们购买力比较强，几乎快把卖烟小店储存的我们喜欢品牌的香烟买空了。走在马其顿的山乡小店，我们一位同志前去买东西，回来时异常兴奋地说："没想到我去买了一大堆东西，才花了7毛钱！"这种经济的困顿，还通过首都斯科普里的市容市貌得到反映。斯科普里的市政建设是滞后的，城市基础设施老化陈旧，街道布满了灰尘，交通拥挤，车辆塞途，看不到有多少勃勃的生机。

令人困惑的是，在一个经济并不宽余的国家里，政府却提出将斯科普里建成花园城市，并在城中的主要街道上竖满了雕像，号称"世界雕塑之都"。听导游的介绍说是"花园城市"，我想大概就像里加或者华沙、布拉格以及贝尔格莱德那样充满了绿色和鲜花。可到了斯科普里并没有见到我们所期待的那一片绿色，反而看到的是大量杂乱无章的城市雕塑，这些雕塑完全没有像意大利文艺复兴时期建筑雕像那么细腻和充满着无限的美感，而是互相拥挤，彼此争辉，互相消磨着彼此的光芒。就拿亚历山大广场来说，中间是亚历山大的铜像，广场四周竖立着四尊铜像，既有菲利普国王的塑像，又有土耳其皇帝的塑像，还有工人举着旗帜拿着工具的塑像，不知道这些塑像想要表现什么样的主题。由此我感觉到，愈是经济发展比较困顿的国家或地区，愈容易产生急切发展文化来刺激经济发展的情绪，特别像马其顿这样曾经有过无比辉煌历史的国家，面对现实经济落后的困顿，会产生一种极大的历史失落感，愈容易形成虚幻的自我陶醉的历史满足感，通过张扬文化来掩饰经济的不景气。但是，殊不知，文化的发展是要以一定强大的经济基础作为后盾的。没有经济上的发展和富裕，就不可能产生文化的繁荣与艺术的登峰造极，这是文艺复兴以来一条重要的发展规律。当你看到在宏伟的亚历山大塑像前，一群壮汉和儿童伸手向游客讨钱时，当你看到在世人敬仰的亚历山大广场野狗成群，肆意吠叫时，你真的会感到一种光荣文化的逝去。

梦想是丰满的，现实是骨感的。光荣与梦

热爱中国文化的马其顿大叔

想之间唯有经济繁荣才可搭起沟通彼此的桥梁。面对所看到的马其顿这种令人纠结的社会经济和文化现象，我们深深感到马其顿要恢复自己的历史荣耀，就必须首先发展经济，把经济搞上去了，才有富裕的财力和精力大力发展本民族的文化。而文化建设也绝非是竖立一些塑像那么简单，文化建设是国民整体文化素质的提高。由此而联想到建设丝绸之路经济带是绝非一朝一夕所能完成的伟大事业，丝绸之路作为贸易和文化之路还任重而道远。

但是，有一点是必须肯定的，那就是马其顿人民与中国人民的友谊是长存的和富有生机的。当我们2017丝绸之路品牌万里行的车队来到马其顿与保加利亚交界的一个叫作茨泥的小山村打尖时，村里的一位马其顿老人，看到是中国的车辆和中国人，高兴地拿出啤酒邀请我们一起喝酒，并告诉我们他对中国及其中国文化的热爱。我们也给老人赠送了我们的礼物。当我们的汽车发动要离开时，老人眼睛里噙着打转的泪花，向我们挥手致意。见到这动人的情景，我所想到的就是辛弃疾那句极富历史质感的千年名句"唤红巾翠袖，揾英雄泪！"

纪 / 实 / 篇

初识索菲亚

——2017丝绸之路品牌万里行纪实之三十七

由于是社会主义国家，我们对保加利亚并不陌生。但对保加利亚的首都索菲亚，基本上没有什么印象。这次随2017丝绸之路品牌万里行来到保加利亚首都索菲亚时，感觉索菲亚像一个羞涩的姑娘，悄悄地撩起了她神秘的面纱，使我初识了这个号称"巴尔干天堂"的花园城市。

首先映入眼帘的是里拉雪山。它是索菲亚姑娘头上戴着的一顶闪亮的皇冠。里拉山的最高峰为穆萨拉峰，海拔2 925米，是巴尔干半岛的最高山峰，也是欧洲最高山峰之一。里拉山山地高处终年积雪，白雪皑皑，像一个威武的将军环抱着索菲亚城。所以，在索菲亚城的不同角度都可以观赏到里拉雪山的身影。雪峰连接，绵延上千余里，在夕阳的照耀下，空阔中充满着勃然的大气，近一百公里笔直的高速公路直通索菲亚城区，给人一种心旷神怡的感觉，连车上的空气都显得格外清新。里拉山终年积雪，又使它成为保加利亚四大河流（马里查河、伊斯克尔河、梅斯塔河和斯特鲁马河）的发源地。河水蜿蜒奔流，灌溉着山下广阔的草原和农田。从雪山上吹来的山风，带着里拉山的寒意，使索菲亚的气候清爽宜人，也增添了索菲亚姑娘略带冷峻的美。

车到索菲亚

雪山下是一望无际的针叶林和草甸，雪山翠柏，青草离离，就像索菲亚姑娘皇冠下的长发。针叶林碧绿吐翠，挤挨摇曳地排列在一起，在山风的抚摸下发出"哗、哗"的声响。这声响在辽阔的天地之间飘荡，使得辽阔的草甸显得更加辽阔、深邃。青草在松林摇曳的伴奏下，轻声唱着生生不息的歌。天地之间显得高远辽阔，有一种难以被征服的气概和饱经沧桑的厚重。我没有想到，穿越过贫困的马其顿，竟然会有这样一方充满生机的大地。保加利亚长期以来是农业立国，草甸上依然是稼穑相间，一些尚未收获的庄稼，呈现出土黄色的基调，在夕阳的照耀下，索菲亚姑娘便带有一种沧桑的忧郁，在风中诉说着无尽的缠绵与美丽。

进入城市，宽阔的街道、整洁的市容就好像是索菲亚姑娘美丽的脸庞。从1998年以来，保加利亚经济得到了恢复，保持了较快的增长速度，保加利亚成为在欧元货币区仅次于罗马尼亚的第二经济大国。城市建设也加快了速度。在中欧，索菲亚是唯一没有老城区的首都。由于索菲亚在第二次世界大战中被德军夷为平地，土耳其王宫只剩下残垣断壁，在市中心的中央广场，就保留着奥斯曼王宫的残骸，内有当地政府举办的石雕艺术博物馆。鹅卵石垒就的王宫基座斑驳、凹凸不平，记载着保加利亚悠长的历史和重大变迁。市中心是保加利亚国家设施集中之地，也是索菲亚姑娘的心脏地带。市中心有国家大法院、东正教大教堂和总统府，两名穿着鲜艳的总统卫队士兵把守着大门，显露出不可侵犯的神圣。远处是罗马统治保加利亚时代建立的喷泉浴室遗址，一股清泉冒出水面，形成了美丽的花环，跳动的水珠溅到地面上形成朵朵浪花，似乎在表现着古罗马的浪漫。更远处则是翠绿的中心花园，几个人才能合抱的巨大松树覆盖着绿茸茸的草地，人们三三两两在草地上散步，一位母亲带着她的一双儿女，在草地的斜坡上玩着滑滑板，不时传来孩子们童稚的笑声。整个广场呈现出安详、温馨和暖暖的气息。只是有轨电车叮咚的车铃声，似乎像轻轻地唱着催眠曲，让人有一种昏昏欲睡的朦胧。

如果说市中心是索菲亚姑娘的心脏，那么，四通八达的街区就是索菲亚姑娘美丽的身躯。尤其是市中心那条著名的商业步行街，店铺栉比，人流踏杂。保加利亚里拉雪山的雪水充沛，土地肥沃，温差又较大，是种植葡萄和玫瑰花的良好条件。因此，保加利亚出产的葡萄酒和玫瑰精油世界驰名。街区两旁，到处都是葡萄酒店和精油店。尤其是那些装扮成粉红色的精油店，散发着淡淡的玫瑰花芳香，引诱着人们消费的渴望。店堂内琳琅满目的精油制品，使人目不暇接，美丽的店员面带着像玫瑰花一样的笑容，迎接着顾客的到来，直到看着顾客提着大包小包离开店铺，这种甜美的笑容都不会消失。店外，闲适的人们坐在临街的咖啡铺前聊天、喝茶，姑娘们不时掏出圆镜整理着自己的秀发，几声小狗的吠叫，使人有一种并非身居闹市而是置身乡间，有"鸡犬之声相闻"的幽远感觉。

在夕阳下的街区广场，我坐在松树下，暖洋洋的阳光给全身涂抹上一层玫瑰色的晚霞。面对闲适、幽静的人群，我在想，索菲亚姑娘不就是身旁一个个擦肩而过美丽动人的保加利亚女郎，不就是一个个充满自信走在马路上的保加利亚姑娘吗？

漂亮的索菲亚女郎

金色的锡比乌

——2017丝绸之路品牌万里行纪实之三十八

当2017丝绸之路品牌万里行车队来到罗马尼亚中部的锡比乌市时,我被这个有着八百年历史遍地布满金黄色橡树叶的小城惊呆了。

锡比乌市位于喀尔巴阡山脚下,摩尔多韦亚努峰之旁。11世纪日耳曼人在这里建立了小城,将其作为重要的商贸中心,后来成为德意志民族统治下的七个重要城市之一。17世纪,锡比乌市成为东西欧物资交流的中转站,以及贸易商旅必经的地方。作为东西欧的贸易重镇,锡比乌比布加勒斯特更具有浓郁的商业气息,尤其是几个世纪以来商人们在这个城镇中种满了橡树,故而有"橡树之都"的称号。来到锡比乌,映入眼帘的就是遍地金黄色的橡树落叶,无论大街小巷、房前屋后,到处都是金色的橡树叶,像是给锡比乌铺上了一层金色的地毯。这金色的橡树和橡树叶,在摩尔多韦亚努雪峰皑皑白雪的照耀下熠熠发光。金色的光芒又夹杂着夕阳玫瑰红的余晖,用红黄相间的色彩温暖着这个古色古香的小城。

踩在落满橡树叶的鹅卵石街道上,脚下软绵绵的,不时还会踢踏起几片黄叶,叶子在脚下翻飞起舞,像美丽的蝴蝶。街道两旁都是些中世纪遗留下来的老房子,富有浓郁的德意志建筑风格,现在

遍地金黄的锡比乌

都是栉比的商店,展示着锡比乌曾经是商贸中心的历史遗韵。城市中心的大广场,是锡比乌城最具规模最漂亮的广场,这里有建于18世纪的罗马天主教堂和市政厅。尤其是大教堂前那一地金黄色的落叶,更给教堂增添了神秘的天堂韵味,几位大胡子牧师在门口进进出出,黑色的教衣发出窸窣的声响,与踩在金色橡树叶上的噗噗声形成了交响,使人们的心灵都能够得到安慰。教堂门前,两位漂亮的当地姑娘坐在石凳上窃窃私语,夕阳照在她们曲线柔和的身上,也给她们罩上了一层玫瑰色的外衣,使人想起《圣经》里的圣母玛利亚。

高耸的议会塔在落日的照耀下泛着金黄色的光芒,高高的尖顶直冲天际。它建于13世纪,先后做过粮仓、监狱、博物馆和市长住宅。这座塔在历史上最有特色的用途就是作为加强防御的锡比乌内城城门。议会塔将城市分为上、下两城。上城为行政和商贸区,多有官衙和商店;通过议会塔下的城门就进入了下城。下城是居民住宅区,比上城更具有生活的气息和韵味。鹅卵石铺就的古老的弯曲的小道,在内城里形成了网络,将人们引向无数个未知的小巷。进入下城,首先必须经过"谎言桥"。谎言桥是见证爱情的地方。据说情人在上面,如果有人说谎,桥就会崩塌。桥面上挂满了爱情锁,以锁住男人们习惯性的谎言。一对青年男女在桥上当众拥抱接吻,以证明他们爱情的忠贞,所以"谎言桥"没有坍塌,我们走在上面也借助了不少他们爱情的力量。桥下,就是一棵巨大的叶子已经完全泛黄的橡树,它的枝丫蓬蓬松松地伸向天际,浑身挂满了摇摇欲坠的金色的

树叶,像是颗颗金币,有一种不小心吹一口气它们就会飘落在大地上的感觉。树下是一个古老的酒吧,几只用橡木做成的花纹鲜亮的木桌椅围在橡树下,酒吧屋里隐隐约约传出萨克斯吹奏的低沉的乐曲,仔细听来,竟是一首中国的流行歌曲《月亮代表我的心》。我惊愕了!在这个罗马尼亚中部号称"爵士之都"的小城,在这个每年都会举办国际性爵士音乐节的艺术与文化的圣地,竟然也演奏中国流行歌曲,足见中国文化已经影响到了世界各地。在柔美的中国乐曲陪伴下,我似乎不是游荡在异国他乡,而是走在中国的乡间小道上,幸亏两边富有日耳曼民族风情的建筑提醒了我,使我浑身舒坦地向着小巷的深处走去。

小巷深处的一家理发店接待了我们。店内的白色设施,显得格外整洁,几位漂亮的理发师见到我们两位中国人推门而入,起初还有些茫然,以为我们走错了地方。当我们用生硬的英语加手势向她们示意要理发时,她们才恍然大悟,不好意思地耸耸肩膀,表示理解了我们的需求。一位女理发师熟练地在我的头上演绎着蒂姆·波顿导演的影片《剪刀手爱德华》的故事,纷纷坠落的碎发,就像爱德华剪给他所爱姑娘金的一片片飞舞的雪花一般。不一会儿,一个返老还童的头颅就被修理了出来,而且在额前飘动着几缕长发中,显然带有罗马尼亚的风情,那在海风吹拂下翻动的发丝,就像不时摇曳飘落在地上的金色的橡树叶一样。

在我们经过的不少中东欧国家城镇中,它们有各自鲜明的文化特色。像华沙,到处都洋溢着宫廷文化的典雅和高贵;而捷克的布拉格,却以浓郁的宗教文化彰显着自己的风格;斯洛伐克的布拉迪斯拉发老城,更以典型的欧洲民俗文化作为自己的城市底色。这些独具风格的文化小镇,都是经过了几百年甚至上千年的发展才积淀起自己独有的文化,这种文化本身就带有强烈的历史厚重感和岁月磨砺的胎痕,不是一朝一夕就能够建成的。就拿眼前的锡比乌来说,如果没有几百年前商人们费尽心血地种植橡树,就没有橡树遍布大街小巷;如果没有在深秋像雪花一样纷纷飘落的金色的橡树叶,就没有金色的橡树叶铺满城郭,锡比乌市也就没有"橡树之都"的美誉。我又怎么能够写出这篇《金色的锡比乌》呢!

纪/实/篇

死去的国王与活着的省长

——2017丝绸之路品牌万里行纪实之三十九

2017丝绸之路品牌万里行采访团来到罗马尼亚西部胡内多阿拉省，让人有穿越感的两件事交织在了一起，这就是不仅参观了胡内多阿拉省内的科尔文城堡，又受到了胡内多阿拉省省长博博拉先生的接见。

科尔文城堡，又称为"国王城堡"，是世界十大著名城堡之一，原先是匈牙利马迦什国王的家族城堡。城堡主人胡尼奥迪·亚诺什，是当时的摄政王，他的儿子马迦什是匈牙利的著名国王，在位时于1446年建造了这座古堡。由于古堡建筑得坚固华丽，成为中欧最为知名的贵族城堡之一。后来马迦什将其送给了屡建战功的考文斯家族，直到1508年为止，之后在公元18世纪之前共有22个人或家族拥有过该城堡。这是一座典型的农奴制封建堡垒。

古堡建在一块巨大独立的岩石之上，原先是一座古旧的罗马要塞，为了确保安全，四周都是悬崖峡谷，有一座木制的吊桥将古堡与外界联系起来，吊桥门口有武士把守，具有一夫当关、万夫莫开的架势。上吊桥入城门即为古堡。古堡平面呈椭圆形，三面环水，外围一圈由很多塔楼组成，有五个圆形塔楼和七个锥形塔楼构成，围墙最高的一座有35米，均由硕大的大理石堆砌而成。古堡灰色高耸的围墙、赭石的屋顶，粗犷朴实，充满了中世纪的原始野性。如此巨大的工程在建造工具极不发达的中世纪，不知要牺牲多少农奴的生命才得以建成。

古堡汇集了晚期哥特式建筑以及文艺复兴初期样式等众多元素，也有巴洛克的建筑元素，拥有高且被装饰得色彩绚烂的屋顶、窗户、包厢、雕刻以及塔楼等，是一座难得的建筑佳品，反映了中世纪工匠们精湛的建筑技艺。

同时，古堡也是一座中世纪的人间地狱。为了保护国王和贵族们的安全，古堡曾经驻扎了大量的军队和武士。为防止军士逃跑，城堡在入门处设有左右两个行刑室，一个是坐在行刑椅上被砍头的刑具，一个是将逃犯绑在转轮上处死，借以震慑军士。同时，在围墙和几个塔楼之间，有3个大深坑。这里专门养狮子、豺狼，以吃掉战俘。在塔楼的中间

胡内多阿拉省风光

有一口巨大的水井，专门供城堡内的饮水需要。关于水井还有一个凄惨的故事。城堡失陷过一次，因为1612年的入侵者找到了供应山上饮用水的秘密通道。之后通道不能再用，打井势在必行，于是当时的大公，让三个土耳其俘虏去挖井，答应挖成后就释放他们。三人挖了整整14年，居然真的挖出水了，可是此时那位大公已经去世。大公妻子拒绝释放战俘，最后将其杀害了。战俘死前留下一句感人肺腑的话："你得到了水，却失去了灵魂！"这是对黑暗的中世纪多么深刻的批判呀。来到这个古堡，才能真正理解什么叫"黑暗的中世纪"，才能真正了解资产阶级大革命时期为什么能呼喊出"不自由毋宁死"的战斗口号，才能真正了解将国王推向绞刑架的资产阶级大革命。

国王死了，我们活着。新生的资产阶级以人本主义为旗帜，以自由平等博爱为武器，彻底推翻了封建领主的统治，建立了以自由民主为特征的政治体制。

胡内多阿拉省省政府就设在科尔文城堡脚下的德瓦市，办公楼是一座白色的类似教堂的建筑，没有围墙，没有警察巡逻，没有岗楼保卫，连一个传达室都没有，人民可以自由进出。我2015年去意大利考察，意大利的瓦雷泽市政府就设在一个公园里，人民可以自由进出，休闲遛狗，甚至小狗可以在政府的大门口撒尿。

省长博博拉先生，五十来岁，身材魁实，脸上长满了倔强的胡子，平易近人，没有当官的架子。接见时，为了表示尊重，我们统一穿着队服，而省长先生却穿着一件红黑相间的羊毛衫，看起来就像个农民，与我们心目中的省长有很大的差距。这是因为为了得到选民的支持，形成"亲民"的良好政府形象，政府官员一般都朴素从简。交谈中博博拉先生很健谈，没有拿讲稿，但却说得条理清晰，充满了睿智的思想。尤其是他谈到自从中国政府提出建设丝绸之路经济带以来，他们政府十分重视，意欲借丝绸之路经济带带来的机会，发展与中国的经贸、教育和文化交流。他特别谈到了近几年胡内多阿拉省加强了与中国的联系，近期才接待了来自中国安徽的经贸代表团，并与中国宁夏结成了友好合作城市关系。省长还专门派遣人员参加设在西安的"西洽会",寻找合作伙伴。最后省长风趣地说,他真没想到中国人能有如此的胆略,可以驾汽车途经上万公里,从陕西来到罗马尼亚。并说我们这样做,为他竖立了榜样,他表示退休以后,也要驾汽车从罗马尼亚开到北京、西安。听完后,我们觉得心头热乎乎的。

为了表示亲切的关系,博博拉省长还专门让我们参观了他的办公室。胡内多阿拉省长办公室就设在省议会旁边的一间房子里,成排的书柜前面是省长的办公桌,整洁大方。省长专门还在办公室的一个角落,设立了"中国角",摆放着中国的图书和来自中国的礼品。看到这,我们为省长看好丝绸之路、看好中国的一份热心深深感动。

当我们离开胡内多阿拉省政府时,秋日的阳光正好照射在政府大楼的墙上,使政府办公楼显得十分明亮,并与身后阴暗晦涩的科尔文城堡形成了强烈的对比关系。这不正是一部活生生的欧洲政治史吗!

胡内多阿拉省省长办公室的"中国角"

纪 实 篇

遍地英雄下夕烟

——写在2017丝绸之路品牌万里行收官之际

匈牙利布达佩斯的英雄广场，是匈牙利政治中心的象征。它是1896年为纪念匈牙利民族在欧洲定居1 000年而兴建的，整个建筑群壮丽宏伟，象征着匈牙利人民对历史英雄的怀念和对美好前途的向往。每当重大节日或外国元首来访时，人们都要在英雄广场举行盛大的欢迎仪式。

2017年10月16日，匈牙利人民以欢迎英雄的最高礼节，欢迎2017丝绸之路品牌万里行车队的到来。

清晨，蓝天如洗，一轮红日喷薄而出，穿透笼罩在布达佩斯上空薄薄的晨雾，照亮了整个英雄广场，广场周围教堂的钟声沉醉而明亮，像是在预告一个重要时刻的到来，一群中国华侨手持彩带，上下翻舞，欢呼跳跃，给广场增添了无限的生气，一队穿着大红衣裙的中国姑娘，扭着欢快的秧歌，使广场充满了中国元素，也预示着这是一个与中国有关的节日。八点时分，当我们的车队来到英雄广场时，整个广场开始沸腾了起来，月台上的匈牙利乐手演奏着欢快的乐曲，几对穿着匈牙利民族服装的青年男女旋转着欢乐的匈牙利民族舞蹈，广场围观的中外游客的热情被这欢乐的气氛点燃，我们的车队列队进入广场，像凯旋的

布达佩斯英雄广场

英雄，人群中发出雷鸣般的掌声。当布达佩斯漂亮的女市长，将象征着布达佩斯市荣誉市民的金钥匙交给我们采访团团长手中的时候，广场上人们的热烈情绪达到了高潮，此时，富有激情的小提琴手与他的乐队深情地演奏起《我爱你中国》的乐曲，整个广场的人们跟着富有中国文化的旋律，齐声高唱，整个布达佩斯英雄广场沸腾在中国文化的海洋中，就连广场的鸽子也似乎被中国乐曲所感染，扑棱棱地翻飞在广场的上空，使广场沉浸在由欢呼声、琴声、歌声合着鸽子的哨声所组成的交响乐中。

在欢乐的人群中，望着车队同志们一个个熟悉的面孔，我老泪纵横。50天，十六辆中国BYD汽车奔袭一万七千千米，穿越哈萨克斯坦、俄罗斯、爱沙尼亚、拉脱维亚、立陶宛、捷克、斯洛伐克、波兰、克罗地亚、斯洛文尼亚、塞尔维亚、奥地利、马其顿、保加利亚、罗马尼亚、匈牙利等中东欧十六国。2017丝绸之路品牌万里行的历历往事，一幕幕涌上了心头。

8月28日，当我们从西安大唐芙蓉园出发的时候，西安还是赤日炎炎的夏末，当芙蓉园《霓裳舞》的缠绵舞曲还在耳边缠绕时，霍尔果斯口岸的寒风已经向我们招手；当我们迎着哈萨克斯坦悲烈的寒风在茫茫森林中疾进的时候，莫斯科已经用飘舞的雪花为我们准备着到来的早餐；当我们被爱沙尼亚秀美的风光所陶醉的时候，立陶宛阿尔卑斯山上纷飞的大雪已经为我们铺就了艰难前行的道路；当我们被捷克青青的草原吸

引得心旷神怡时，波兰凄沥沥的小雨已经准备为我们洗尘的水源；当我们被奥地利维也纳的动人乐曲所沉醉的时候，保加利亚的一城灯火已经吸引着我们兴奋的目光；当罗马尼亚东山上高悬的弯月陪伴着我们滚滚车轮的时候，匈牙利初升的一轮太阳已经奏响起了欢迎英雄的乐章。当10月18日，我们准备行囊，开启归航的时候，终南山纷飞的雪花已经打湿了亲人们盼归的眼眶！这种穿越四季的艰难跋涉，只有行走在万里丝路上，才能真切感受到岁月轮回的美丽和锦绣河山的绮丽风光。

1.7万千米的奔驰，50个日夜的朝行夜宿，使我们领略了准噶尔盆地沙漠的空阔和故垒啼鸟，使我们领略了哈萨克绿色森林的无边无垠和山风排空，使我们领略了俄罗斯广阔田野的阵阵麦香和机器轰鸣，使我们领略了爱沙尼亚绮丽的城市风光和波罗的海的海涛汹涌，使我们领略了阿尔卑斯山大雪纷飞的苍冷和白雪覆盖的雪峰，使我们领略了多瑙河碧绿清澈的欢唱和奔流的涛声，使我们领略了维也纳动人的乐章和金色大厅响起的中国歌声，使我们领略了布拉格深秋的美丽和萨瓦河航船的桅灯，使我们领略了奥斯维辛集中营生命的绝望和萨拉热窝的累累弹孔，使我们领略了保加利亚苍山滴翠的草原和牧童悠远的笛声，使我们领略了罗马尼亚金色的田野和斯拉夫人舞步的欢腾，使我们领略了匈牙利平原的炊烟和最后匈奴的奔马嘶鸣。这一切只有行走在万里丝路才会有难以按捺的激动和记忆的隽永。

穿越十六国的历程，50个日落月升，我们不会忘记霍尔果斯口岸国旗的庄严和神圣，我们不会忘记阿拉木图中国苹果的甜香透红，我们不会忘记莫斯科红场共产党人丢失江山的悲痛

布达佩斯英雄广场

和圣彼得堡不应该有的枪声,我们不会忘记我们在捷克山区的饥寒交迫和气炉燃煮方便面的炊烟升腾,我们不会忘记布拉格郊外秋雨中思乡的愁绪和塞尔维亚奔波中的鸡鸣,我们不会忘记贝尔格莱德多瑙河哀怨的哭泣和马其顿亚历山大广场乞讨者绝望的眼睛,我们不会忘记索菲亚璀璨的一城灯火和锡比乌铺满黄叶的浓秋,我们不会忘记科尔文城堡幽暗凄凉的呐喊和德瓦城裸露的民主行程,我们不能忘记罗马尼亚黑海辽阔的水面和布达佩斯英雄广场响彻云霄的中国歌声。这一切只有奔走在万里丝路上才会有难遇的坎坷和难以忘怀的感动。

万里丝路是人走出来的,只有行走在万里丝路的征途中,才会有那么多的悸动和感慨。在广场欢乐的人群中,我默默地亲吻了我乘坐的陪伴我走完了丝路的14号BYD汽车。多么亲密的钢铁伙伴,多么勇敢的如龙骏马,50余日时速150千米奋力前行绝尘而去的英雄。当我的一行老泪跌落在汽车引擎盖上的时候,仿佛听到它轻轻地说:回家吧,远行的游子!归去吧,丝路的行者英雄!

2017年10月16日于匈牙利布达佩斯

○ 思考篇

富强了,我的国

——2017丝绸之路品牌万里行归来思考之一

刚刚闭幕的党的十九大宣布了中国进入建设社会主义新时代。其中,重要的依据就是"近代以来久经磨难的中华民族迎来了从站起来、富起来到强起来的伟大飞跃"。这一结论,不仅符合当代中国发展的实际,也可以从2017丝绸之路品牌万里行中东欧十六国的采访活动得到证明。这次丝路万里行实践活动充分证明了:富强了,我的国!

富强了,我的国!首先可以从我们自身的富强得到说明。这种富强不仅表现在我们经过40年改革开放,已经把一个贫困落后的中国改造成富强文明的社会主义国家,2017年中国国内生产总值从54万亿元增长到82万亿元,稳居世界第二,对世界经济增长贡献率超过30%,这些抽象的数据,也体现在2017丝绸之路品牌万里行的大型采访活动中。2017丝绸之路品牌万里行大型全媒体采访活动,由16辆清一色的国产品牌BYD汽车编成的车队,承载着52名采访人员,从陕西西安出发,途经中国的甘肃和新疆、哈萨克斯坦、俄罗斯、爱沙尼亚、拉脱维亚、立陶宛、捷克、斯洛伐克、波兰、克罗地亚、斯洛文尼亚、塞尔维亚、奥地利、马其顿、保加利亚、罗马尼亚、匈牙利等中东欧十六国，行程1.7万千米（到匈牙利的布达佩斯结束）这本身就是当代新闻采访史上的一个壮举。

思／考／篇

16辆BYD汽车组成的长长的车队，排起来足足有一里路长，蔚为壮观。所到之处无不表现了我国国力的强盛和中国人民意气风发、对外开放的精神风貌。这对尚处于比较封闭的中东欧地区来说，是一个除了迎接国家元首外前所未闻的景象。当我们的车队行进在哈萨克斯坦漫长的公路上时，当我们的车队奔驰在克罗地亚、保加利亚的乡间小路上时，当我们的车队行进在华沙、布拉格、布加勒斯特引起交通堵塞时，人们莫不发出"啧""啧"的惊叹之声。公路上一些跑长途的载重汽车司机有的向我们招手致敬，有的向我们按喇叭表示敬意，可谓此起彼伏。在斯洛伐克的乡间小道上，由于道路崎岖，我们车队的行进速度比较慢，一些放学了的当地小学生，追逐着我们的车队一边奔跑，一边欢呼跳跃，脸上挂满了惊奇的神色；在波兰华沙郊区，一位当地的中年人，骑

万里行车队行进在俄罗斯白桦林间

着自行车追了我们1 000多米，硬要同我们的车队和我们的同志们合影留念，说他是一个汽车爱好者，非常喜欢中国的汽车；在捷克布拉格郊外，一位当地的摄影爱好者，天不亮，冒着绵绵秋雨，跑了十几里路，来到我们的驻地，希望拍几张我们车队壮观的影像。每当遇到这些外国人对中国的敬仰举动，我们内心都有一种自豪和自信的感动，它真切地证明了：富强了，我的国！

富强了，我的国！还表现在我们采访团所到之处，莫不受到沿途国家人民群众的欢迎上。行走在中东欧十六国的日子里，车队每到一处，都受到当地群众欢迎。在阿斯塔纳，当我们车队经过时，一些在车站等候汽车的当地群众，自发地向我们鼓掌致敬；在爱沙尼亚的塔林，一位年轻的爱沙尼亚青年，开着汽车，追上我们的车队，打开车窗硬是要向我们表示他对中国的敬意，还要与我们的驾驶员交换香烟，以做留念；在叶卡捷琳娜市，一位七十多岁的俄罗斯妇女，见到我们的车队，充满慈祥地向我们招手致意，脸上铭刻着中苏人民友好的历史回忆；在俄罗斯柴可夫斯基的故乡沃特金斯克小镇，一位中年俄罗斯老兵，见到我们，笔直地站在路旁，向我们的车队举手行标准的致敬礼，直到我们的车队绝尘而去；在马其顿与保加利亚交界的尤金小镇，一位老人见到我们车队在途中打尖休息，赶忙跑回自己路边的小屋，拿出自己的啤酒、香肠和面包，要与我们共饮并合影留念，并向我们诉说他年轻时去过北京，十分爱好中国的文化。当我们车队离开时，老人站在路边，向我们招手送行，眼睛里噙满晶莹的泪花。看到这些，我们感动不已，它向我们传达了丝路沿线的外国朋友相信中国强大了的信息。

这种对中国发展实力的信服，在丝路万里行沿途国家和城市的官员身上，也强烈地表现出来。在哈萨克斯坦阿拉木图的"中哈友谊苹果园"，当地一位负责此项目的镇长，拉着我们的手，激动地说："你们怎么才来呀！我曾经给我们外交部门写过信，也给你们大使馆发过信息，强烈要求与中国陕西杨凌农科城建立联系，希望中国派人员到我们这里来，传授先进的苹果栽培技术。"在俄罗斯我们举办的产品推介会上，俄罗斯孔子学院院长塔拉斯·伊夫琴科先生表示，他一直向往中国，希望七十岁生日能在中国北京度过。在捷克布拉格举办的产品推介会上，一位当地官员表示，希望与中国发展贸易和旅游事业，并向我们介绍捷克的雪山滑雪项目和温泉生态按摩项目，希望与我们合作。在保加利亚索菲亚举办的产品推介会上，一位负责外贸联络的官员，向我们传达了希望加强与中国在木材、石油和天然气方面合作的强烈愿望。在匈牙利布达佩斯，当地政府以接待国家元首的最高礼节，在匈牙利英雄广场以迎接英雄的形式为我们采访团举行了入城仪式，并由布达佩斯市市长将一把象征着该市荣誉市民的金钥匙赠给了我们采访团团长，这些都是中国强大影响力所带来的结果。其中最让我们感动的是罗马尼亚胡内多阿拉省省长博博拉先生，他在接见我们采访团时谈到，自从中国政府提出建立丝绸之路经济带以来，他们政府十分重视，意欲借丝绸之路经济带带来的机会，发展与中国的经贸、教育和文化交流。他特别谈到了近几年胡内多阿拉省加强了与中国的联系，并风趣地说，他真没想到中国人能有如此的能力和胆略，可以驾汽车途经上万公里，从陕西来到罗马尼亚。并说我们的做法为他树立了榜样，表示他退休以后，也要驾汽车从罗马尼亚开到北京、西安。听到这些，我们心头热乎乎的。

富强了，我的国！更表现在丝绸之路沿线国家华侨强烈的切身感受上。在中东欧国家，有大量的华侨从事商贸活动，他们从自己的亲身经历真切地感受到了祖国的强大。在索菲亚的一家中国餐馆，当我们与餐馆老板交谈时，他告诉我们，前些年刚到保加利亚，当地人很瞧不起中国人和中国菜。这些年随着中国的国际影响力日益增强，尤其是中国提出建设丝绸之路经济带倡议以来，当地形成了中国热潮，不仅前来旅游的中国人多了起来，就连保加利亚人也以吃中国菜为荣耀，生意比以前火爆得不得了。"这都是祖国强大带来的变化！"他含着泪花对我们这样说。在罗马尼亚布加勒斯特，有不少华侨，其中仅来自中国陕西的就有三百多人。他们还组成了罗马尼亚陕西商会，实行抱团发展。听说我们来到布加勒斯特，专门举办宴会欢迎我们。在宴会期间，罗马尼亚陕西商会会长党信先生深有感触地对我们说，刚到罗马尼亚那会，当地人瞧不起中国人，不愿意与我们做生意，我们总是被排斥。这些年祖国强大了，日子富裕了，当地人对我们的态度也发生了显著的变化。从过去的排斥变成了对我们的羡慕，主动与我们做生意。他们与我们交谈之间，常常流露出一种既羡慕又不太服气的感觉，好像我们一个个都像是暴发户似的。席间见到陕西乡党谈笑风生、意气风发的爽畅气象，使我们也深刻体会到祖国强大给海外华侨带来的发展机遇和精神鼓舞力量。在匈牙利布达佩斯，匈牙利中国福建商会还专门组成了100多人的欢迎队伍，在英雄广场拉着横幅、载歌载舞欢迎我们的到来。当布达佩斯女市长致完欢迎词，当地的匈牙利艺术家演奏起中国歌曲《我爱你中国》时，在场的人们同声高唱，一时匈牙利英雄广场沉浸在中国文化和中国音乐的欢乐海洋中。面对欢乐的人群，我热泪盈眶，深深感受到了中国人民从来没有像今天这样在外国的土地上扬眉吐气、充满力量；从来没有像今天这样在外国的土地上充满着自豪、自信和自尊的历史风貌！这正是中国经历了"从站起来、富起来到强起来的伟大飞跃"所带来的巨大变化。

我心里由衷地说一声："富强了，我的国！"

思/考/篇

中国进入新时代佐证录

——2017丝绸之路品牌万里行归来思考之二

刚刚闭幕的党的十九大宣布中国进入建设社会主义新时代。其中，两个重要的依据就是："科学社会主义在21世纪的中国焕发出强大生机活力，在世界上高高举起了中国特色社会主义伟大旗帜。"和"中国特色社会主义道路、理论、制度、文化不断发展，拓展了发展中国家走向现代化的途径，给世界上那些既希望加快发展又希望保持自身独立性的国家和民族提供了全新选择，为解决人类问题贡献了中国智慧和中国方案。"这一结论，不仅符合中国的实际，也符合21世纪科学社会主义在全世界发展的实际。在全党和全国人民学习十九大报告的热潮中，2017丝绸之路品牌万里行采访活动和我们的实际观感，完全可以为中国进入社会主义新时代的历史方位进行严谨而实际的佐证。

这次丝绸之路品牌万里行所经过的中东欧十六国，基本上是中东欧的原社会主义国家。其中的哈萨克斯坦、俄罗斯、爱沙尼亚、拉脱维亚、立陶宛是苏联加盟国家；克罗地亚、斯洛文尼亚、塞尔维亚、马其顿（还有波黑）是南斯拉夫联邦国家；再加上波兰、保加利亚、罗马尼亚、匈牙利、捷克和斯洛伐克。他们也曾经在世界上高举过社会主义的伟大旗帜，也曾经是社会主义阵营的组成部分。但经过1989年的"颜色革命"，都改旗易帜。东欧剧变后，尽管这些国家在发展道路的选择上呈现出复杂的局面，但基本上都走的是资本主义道路。那么，这些国家社会性质转变后，是否带来了社会经济的发展，人们是否获得了革命后想要的生活？对于我这个在大学长期从事理论经济学教学的教师来说，这些是此次丝路万里行附带考察的一个任务。经过两个月对十六个国家的实际考察。事实雄辩地证明了"科学社会主义在21世纪的中国焕发出强大生机活力，在世界上高高举起了中国特色社会主义伟大旗帜。"中国雄赳赳气昂昂地进入了建设中国特色社会主义的新时代。

当中国以一往无前的奋斗姿态进入新时代的时候，这些中东欧国家放弃了社会主义的光明前途，回到了资本主义的旧时代。可陈旧的资本主义制度并没有带给他们发展的光明前途，而使他们大多数处于社会主义体制和机制转型不力、资本主义体制和机制不够健全的尴尬局面，社会经济缺乏应有的活力，人民群众也没有获得想要的幸福生活。就我们看到的人口上千万以上的四个国家情况而言：

哈萨克斯坦，它是国土面积仅次于俄罗斯的中亚大国，其经济结构西部是畜牧经济，东部是农业经济，人口1 700多万，工业经济结构并不完整，尽管新建首都阿斯塔那，由于卖出上亿桶石油，换来了一派崭新的欧化建筑，但经济发展依然缺乏活力，劳动者的平均月收入为

哈萨克斯坦的原野

3 000～4 000元人民币，日子过得并不宽裕。俄罗斯，它是东欧国土面积最大的国家，人口1.445亿，其经济结构与哈萨克斯坦基本相似，西部是畜牧经济，东部是农业经济。但由于地广人稀，全国人口几乎与中国河南省的人口数量相等。苏联解体后，俄罗斯的国力被极大削弱，GDP总量2016年只有1.283万亿美元。40年前唯一敢与美国抗衡的强大的苏维埃已经一去不复返。塞尔维亚，尽管人口有1 050万，但社会经济依然是以农耕经济为主，工业经济、信息经济发展乏力，GDP总量2016年是377.45亿美元，首都布加勒斯特一般劳动者的月收入平均为3 000元人民币，还有不少连1 000元人民币都挣不到。在千万人口以上的四个大国中，捷克算是经济发展比较好的一个国家，2016年GDP总量是1 929.25亿美元，但也是以农牧经济为主，社会经济体制的转型并没有完成，人民的生活看不到有多少活泼的景象。这些大国尚且如此，那些千万人口以下的国家经济更是鲜有令人鼓舞的。

中东欧国家社会经济发展的迟滞，还可以从以下的社会经济现象中得到证明：

一是从交通发展情况看。在中东欧十六个国家里，除了捷克、保加利亚、罗马尼亚和匈牙利外，都没有一条可供汽车行走的高速公路，更不要说全国高速公路联络成网和高速列车的运行。俄罗斯国土面积1709万平方千米，竟然没有一条高速公路，我们穿越俄罗斯用了6天时间，并不是因为俄罗斯国土辽阔，而是公路交通发展水平低下，全国都是普通级别的公路。在马其顿，甚至连像样的普通等级的公路都没有，全国道路基本上都是乡间小道。人们不难想象，由16辆崭新的清一色BYD汽车组成的长长的车队，在崎岖的乡间小路上像甲壳虫一样缓慢爬行，是一幅多少带有一些滑稽色彩的景象。

二是从城市交通发展情况看。中东欧十六个国家，基本都保持着轨道交通的原有面貌，有轨电车几乎各个国家都存在，并成为这些国家城市公共交通的主要运输形式。在爱沙尼亚，几乎是城市轨道交通的博览园。从有轨电车到无轨电车，从单节有轨电车到双节、三节有轨电车，应有尽有，使人有穿越在城市铁路网中的感觉。这些轨道交通虽然在节能减排方面有可取之处，但本质上是城市经济发展水平低下的表现。一则这些密如蛛网的交通轨道网络，从本质上限制了城市的更新改造和统一规划，说明城市的建设布局并没有发生与以往不同的变化。二则，城市天空架满了各种电车轨道线路，纵横交错，杂乱无章，也从根本上影响了城市的面貌。

　　三是从城市改造、新城区建设看。中东欧十六国的城市改造缓慢，基本上呈现着原有的城市面貌。在这些国家的首都，路还是原有的路，楼还是原有的楼，除了哈萨克斯坦首都阿斯塔纳和保加利亚首都索菲亚是新建的以外，其他国家的首都都是山河依旧，旧楼连接着旧楼。最令我感到惊异的是，在我们经过的16个国家的首都中，竟然没有见到过一个像样的上规模的建设工地，更不用说夜间建设的灯火通明。在行走的两个月时间里，我们竟然没有见到过一个建筑用的塔吊，与我们国家像一个巨大的建设工地相比，这些国家几乎还沉寂在原有城市面貌的历史原生态之中。在罗马尼亚，人们能住上由国家盖的高楼，就是生活幸福的主要标志。

　　四是从社会底层人民的生活看。这些国家还存在着大量的乞丐。在我的想象中，东欧国家有几十年社会主义的历史经历，又大都是数百年以上的成熟国家，人民的文化程度相应比较高，应该是做到了丰衣足食，起码的生存应该不成问题。但从我们的实地观察看，远非如此。这些国家还都普遍存在着乞丐和流浪人群。就我的切身经历而言，在俄罗斯的喀山市，我碰到了第一个向我伸手要钱的乞丐，令我感到十分愕然。在捷克布拉格最繁华的查理桥上，举目就可以看到不少抱着狗、蜷缩在桥旁的乞讨者。在波黑的萨拉热窝，一位在绵绵秋雨中身披毛织巾的老年妇女，坐在街头默默地乞讨，当她见到我是一位中国人时，充满羞涩地将伸出的手缓慢慢缩回时，使我心头颤抖，终生难忘。最令我感到滑稽的是，在罗马尼亚布加勒斯特，与人民广场仅一墙之隔的"颜色革命纪念广场"，同样是人迹罕至，寂寞冷清，倒有一位拾荒者默默地坐在广场，神色黯淡地向路人伸出乞讨的双手，他想表达一种什么样的诉求，人们不难想象。这些充分说明了抛弃社会主义制度后的中东欧国家，并没有出现经济飞速发展的奇迹，并没有带给人们想要的西方式的丰裕生活。他们经济的沉闷与暗淡，反证了党的十九大关于"科学社会主义在21世纪的中国焕发出强大生机活力"的判断，是无比正确和科学严谨的。

2017丝绸之路品牌万里行的中东欧之旅，还充分证明了党的十九大关于"中国特色社会主义道路、理论、制度、文化不断发展，拓展了发展中国家走向现代化的途径，给世界上那些既希望加快发展又希望保持自身独立性的国家和民族提供了全新选择，为解决人类问题贡献了中国智慧和中国方案"这一结论的无比正确性。

这次中东欧十六国之行，令我最为伤感的是那么一大片辽阔而美丽的土地，山河易主，繁荣远去。东欧剧变后，苏联和南斯拉夫版图不在，但"颜色革命"后的中东欧国家，却因各自闹独立而搞得山河破碎，力量削弱。尽管颜色革命后，中东欧分裂为不同的民族国家，他们各自的民族独立性、民族愿望和民族利益得到了满足和体现，但分裂后力量分散，缺乏大国气象和集中力量办大事的举国力量，从而使"希望加快发展"的愿望难以实现。其中最明显的例证就是马其顿。马其顿因为出了个亚历山大皇帝而世界著名，当年的亚历山大皇帝带领马其顿铁骑横扫亚欧非大陆，建立了横跨亚欧非拥有5 000万平方千米土地的马其顿帝国。自二战和东欧剧变后，马其顿不断被分割，今天的马其顿只有2.5万平方千米的国土，208万人口，还没有我们西安市一个区的人多，2016年GDP总量只有109亿美元，是东欧国家中经济最落后的国家。在马其顿亚历山大广场，雄伟的亚历山大雕像与成群的野狗和结伴的乞丐同时存在的景象，使人感慨当年的马其顿帝国已经成为今天马其顿人很难复制的"光荣与梦想"。在当今这个大国博弈的时代，力量弱小的蕞尔小国，难以与大国抗衡，他们只好屈居一隅，远离世界舞台的中央，在恪守自家藩篱的沉默中回忆着当年的风光，在"繁华落幕后的寂寞"中默默地度过属于自己的时光。

但发展是当今世界的两大潮流之一。即便是稍小国家也有着实现发展的美好愿望。只要石在，火种就不会灭绝。此次中东欧之行，使我更加坚信这一点。在罗马尼亚，我看到人们一方面对罗马尼亚共产党执政时代的腐败不满。但另一方面，人们对现时执政的社会民主党，没有带给人民他们曾经许诺的幸福生活而增长着失望的情绪，人们开始怀念共产党执政时起码房子和面包供应是有保障的逝去的生活。"颜色革命广场"的萧索和冷清深刻反映了"地下运行的岩浆"的存在。更令我激动和热泪盈眶的是，在莫斯科广场的无名英雄纪念碑前，不少青年举行着庄严的婚礼；在高尔基市列宁巨大的塑像前，默默摆放着一束白色鲜花和由紫罗兰编制的花篮，它们在凄厉秋风中倔强地抖动着花瓣；以及当我们进入俄罗斯喀山市时，那燃烧的像火一般艳丽的晚霞。这些使我看到了社会主义事业在东欧人民心头的希望并没有灭绝，使我看到了社会主义在东欧国家依然有着顽强的生命力。这都证明了中国道路和实现现代化的途径，"给世界上那些既希望加快发展又希望保持自身独立性的国家和民族提供了全新选择，为解决人类问题贡献了中国智慧和中国方案"的判断是无比正确的，是科学而严谨的，是经得起历史和现实发展考验的。

实践是检验真理的唯一标准。2017丝绸之路品牌万里行的全新实践，从一个侧面证明了中国进入"建设中国特色社会主义新时代"历史方位的时代判断，是无可辩驳的历史真实。正因为如此，它将被记录在史册之中，成为新时代到来的一个佐证。

思\考\篇

洒向人间都是货

——2017丝绸之路品牌万里行归来思考之三

丝绸之路自从开通以来，就是一条贸易之路，主要承载着欧亚两大陆之间的商品运输和商品交易。我国政府提出建设丝绸之路经济带的倡议，就是通过重建丝绸之路，恢复和发展欧亚大陆之间的贸易联系，通过与丝路沿线国家在平等互利基础上的经济交往，实行资源互补和资源整合，以期在扩大与丝路沿线国家之间经济合作的基础上，形成国际贸易新秩序。

所以，考察丝绸之路沿线国家市场状况和商品交流的实际状态，就成为2017丝绸之路品牌万里行大型采访活动的重要任务之一。通过两个多月的采访实践，我们对此有了新的认识。

此次中东欧十六国的采访活动，使我们对丝路沿线中东欧国家的社会经济结构和市场状况有了进一步深入的了解。在这十六个国家中，无论是苏联国家，还是南斯拉夫联邦国家以及捷克、斯洛伐克、波兰、保加利亚、罗马尼亚、匈牙利，基本上都是传统农业与现代都市的二元化社会经济结构。前社会主义计划经济的体制和机制并没有从根本上转型，而市场经济对社会资源配置的决定作用也尚未得到充分的发挥，这是造成这些国家经济发展举步维艰的重要制度原因。拿哈萨克斯坦与俄罗斯来说，基本上是农牧交错的二元化资源配置，西部的畜牧经济与东部的农业经济并存。这种区域经济资源配置的差异性，使社会内部不同区域之间的交换比较发达，所以，在这两个国家，公路运输相当繁忙，车流不断，这正是国内不同区域之间物品互通有无的自然经济或计划经济的物化体现，并不能证明商品贸易的发达。爱沙尼亚、拉脱维亚和立陶宛，波罗的海三国，基本上是单一的林业经济，主要靠出口林业产品和木材维持国内经济的运转。波兰、捷克、斯洛伐克和南斯拉夫联盟国家以及保加利亚、罗马尼亚、匈牙利基本上也还是传统的农耕或农牧经济，内部的交换一如俄罗斯，社会经济还停留在传统的田园牧歌式的经济发展阶段，看不到多少商品经济的生动景象。所以，在这些国家，农副产品都比较便宜，而工业用品的价格相对昂贵。

从社会需求结构来看，这些国家的二元化社会供给结构，使满足生活需求的工业品在相当程度上还依赖他们相互之间的交换和从其他国家进口，这些国家留给商品交换的市场缺口比较大。由于社会经济发展迟滞，人们的收入增长速度比较缓慢。在这些国家里，一个普通劳动者一个月能获得相当于3 000~4 000元人民币的收入，就已经算是令人羡慕的白领阶层。但是十六个国家加在一起，基数并不算小。而且，十六个国家人口加在一起超过3.3亿人，加之都是些百年来的成熟国家，人们的社会生活品味并不低，所以，市场容量还是一个不可小视的力量。同时，这些国家有很好的资源储备，茂密的森林、广阔的国土、宽广的草原和肥沃的土壤。通过我国比较先进的科技、教育和装备机械制造以及充裕的资本力量，整合丝路沿线国家的资源和市场，在互惠互利基础上抱团发展，建立利益共同体和命运共同体是符合丝路沿线国家实际的。

从上述经济结构的分析，我们可以看到我国商品在这些丝路沿线国家为什么有着广阔的市场需求和良好的市场预期。从这次中东欧十六国的采访实践看,中国与丝路沿线国家的商品流通和市场贸易逐渐走向相对稳定和成熟。

从交换的商品种类看,2016年,我们走丝路南线,在中亚西亚国家和伊朗与印度,看到中国的品牌产品数量还很稀少,仅仅是小米手机和TCL电视。今年在中东欧国家,看到的中国商品种类在急剧增加,从生活日用品到工业用品和大型机械,应有尽有。我们沿途看到在茫茫草原上奔驰的中国BYD汽车、陕西载重汽车,在载重汽车上装载的是中国"徐工"制造的工程铲车;路边餐饮店装配的是中国"美的空调";路旁加油站醒目闪烁着"中国石油"的霓虹标识;各个城市都可以见到中国华为的大型卖场,人们手中摆弄的是产自中国的联想、康佳、小米手机,甚至在餐馆的餐桌上,也赫然摆放着中国搪瓷茶壶。中国商品已经开始深入到这些国家人民生活的各个方面,充分说明中东欧国家对中国商品的需求和容纳量远远超过了中亚西亚国家。这与长期以来中国与东欧国家保持了友好交往的关系有着内在的联系。

哈萨克斯坦运输的中国工程机械

从交换的方式看，已经从流动的中介贸易走向了固定的市场交易。以往中国与丝路沿线国家的商品交易主要采取依赖中介贸易的间接交往方式，而今天，我们可喜地看到中国商品交易在国外已经采取了固定市场的阵地战模式。在罗马尼亚布加勒斯特的"经济开发园区"，我们看到大量中国江浙一带的商家开设的商店，这个经济开发园区几乎就是中国"义乌小商品贸易城"的翻版，在那里除了中国商家，很少见到其他国家的商家。在哈萨克斯坦的阿拉木图，也有类似的中哈贸易城。这种固定的市场交易，还可以从这些国家中国餐馆的广泛分布得到佐证。去年，我们走丝路南线吉尔吉斯斯坦、乌克兰、阿塞拜疆、伊朗、巴基斯坦和印度等八国，几乎没有见过中国餐馆，畜牧民族烧烤饮食方式，使我们的肠胃痛苦不堪，带去的方便面几乎被大家抢夺一空。这次在中东欧国家，所到之处皆有中国餐馆。两个月我们只吃过一次牛排，大部分都是在当地的中国餐馆用餐，带去的方便面几乎是原封不动地带回了国内。中国餐馆在这些国家分布如此广泛，至少说明在这些国家和地区从事商业贸易的中国人的数量在急剧增加，餐馆才可能长期开下去并取得不错的经营效益。

这次丝路之行，最令我们感到振奋的就是看到中国企业开始深入丝路沿线国家，说明中国与丝路沿线国家的经济交往已经从商品交换发展到商品生产的更高层级的发展阶段。在罗马尼亚贝尔格来德郊区，我们参观了一家中罗合资企业——万邦运动器材制造公司。这家由中国浙江企业家在罗马尼亚投资、罗马尼亚提供土地联合兴建的以生产自行车和运动器材为主要产品的中国企业，总投资300多万美元，有当地员工300多人，年生产自行车和运动机械50万辆（套），主要供应德国和罗马尼亚本地的需要，产销两旺。令我惊奇的是，这座相当现代化的工厂，就建在通往贝尔格来德的公路旁，工厂四周没有一道围墙，既表现了中国企业家开放性的经营心态，也说明在罗马尼亚中国企业家的投资有比较安全的环境保证。这种深入到丝路沿线国家的产业投资，虽然还在初始阶段，却有着广阔的发展前途，是丝绸之路经济共同体和命运共同体建立的历史必由之路。

当然，如何进一步扩大中国商品在丝路沿线国家的贸易量，这期间还有许多工作要做，我们对丝路沿线国家的市场需求结构，还有许多懵懂和臆想的成分。比如，我们此次带去的中国名酒——西凤酒，口味绵香甘洌，是中国著名的白酒品牌。但欧洲尤其是俄罗斯，以饮用更高浓度的烈性勾兑白酒为习惯和时尚，我们的白酒生产技艺和品味调试与欧洲有很大的不同，更兼之两地的饮酒文化有很大的区别，恐怕在较短时间内，两地的人们都很难彼此适应对方的产品。在莫斯科的西凤酒推介会上，俄罗斯的朋友招待我们饮用他们为之骄傲的"伏特加"，我只呡了一小口，几乎晕厥了过去。可我也明白，人家俄罗斯朋友饮用我们的西凤酒，也会因烈度寡淡而有不屑一顾的感觉，只不过碍于情面，人家嘴上不说罢了。再如，我们带去的中国名茶——汉中仙毫。确实是产自中国秦岭的"祖山茶"，是中国茶叶的开山鼻祖，清香可人，碧绿满盏。但是欧洲人起源于游牧民族，饮食方式是吃烤肉，喝凉水，欧洲各国餐馆和食店并不提供热水，我们的茶叶品质再好，无法冲饮也是枉然！这种几千年来形成的文化差异，不是开个推介会就可以解决的。倒是"康师傅绿茶"的热茶冷饮方式对我们有所启迪。如果将我们的"汉中仙毫"也做成瓶装的冷饮方式，或许会在欧洲获得更为广泛的市场。由此观之，丝路贸易不仅道路艰险，而且内涵高深莫测，不经过艰苦努力的探索和调查研究，是很难敲开它的财富之门的。

丝绸之路作为连接亚欧的贸易桥梁，从古至今洒向人间都是货，它为亚欧人民带去了两地不同的产品和文化，扩大了两地人民的交往和眼界，也连接了亚欧人民之间日益深厚的友情。从这一点讲，洒向人间都是货，毋宁说是洒向人间都是情！

现代化的"快节奏"与前现代化的"慢生活"

——2017丝绸之路品牌万里行归来思考之四

现代化在本质上是一种"快节奏"的生活方式。因为,市场经济的时间节约规律鞭打和驱赶着人们,确立"时间就是金钱,效益就是生命"的现代观念,形成一种快节奏的生活方式。用最少的时间耗费,生产出更多的产品,以减少单位产品的时间成本,进一步增加社会产品总量和提高社会经济效益。所以,实现了现代化的国家必然是社会经济繁荣,人们生活富裕的社会。在实现了富裕的物质生活后,由于生产单位产品时间成本节约,才有可能腾挪出更多的闲暇时间,去充分享受优雅的精神生活,所谓"衣食足而知荣辱,仓廪实而知礼节。"可是,我们这次考察看到的则是一幅令人惊讶的景象,在经济发展水平还不够高、尚属于发展中国家的中东欧各国,人民群众的生活方式依然呈现出一种慢悠悠的田园牧歌式的生活景色,我将其称之为"前现代化的慢生活"。怎么看待这种与现代化生活快节奏迥然不同,建立在物质生活并不富裕基础上的"慢生活方式"?我陷入了沉思。

中东欧十六国,应当属于尚未实现现代化的国家。按照通行的国际惯例,实现现代化的一个基本标准是人均国民生产总值达到3万美元以上。像中国这样稳居世界第二经济体的发展中国家,还要再奋斗33年,才能完全实现现代化。其中有三个重要节点:2020年,我国人均国民生产总值达到美国人均国民生产总值的30%;2035年,达到美国的50%,2050年达到美国的60%,而我国人口是美国的5倍,到那时我国才真正超越了美国,成为名副其实的"现代化强国"。而中东欧十六国的经济发展水平比我国相差甚远,他们基本上都还处于我国20世纪80年代末90年代初的发展水平,也就是说他们社会经济的发展程度比我国落后至少20年。

在这样一些社会经济发展水平远远落后于中国和美国的发展中国家,本应有一个像美国和中国那样加快社会经济的快速发展过程,以缩小与世界发达国家的差距。也就是说他们本应该有一个较快节奏的生产和生活方式,在节约等量产品耗费的等量时间里,既增加社会产品总量,又可以腾挪出更多的闲暇时间,才可以充分享受非生产时间里悠闲的物质生活和精神生活。美国的现代化,是生产和生活快节奏发展的产物。美国人在实现现代化的过程中,经历了百年奋斗,经历了价值规律的严酷训练,形成了快节奏的生产和生活方式,以至于现在美国人在大街上的平均运行速度是每秒钟两步半,几乎近似于一路小跑。中国人民在实现现代化的过程中,也充分认识到现代化不是轻轻松松、敲锣打鼓就能够实现的,在实行市场经济过程中终于明白了"时间节约规律"的重要性和残酷性,为此付出了艰苦的努力。改革开放以来的40年,中国人民几乎是一路小跑,匆匆忙忙地渡过了40年。这40年时间里,是中国人民前所未有感觉到忙累的年代,是绝大多数人普遍感受时间不够用的年代,是在时间节约规律的教育下学习成长的年代。所以,我们才取得了不俗的现代化成绩。1979年，中国的经济总量在世界上排在117位，比非洲的许多国家还落后。为了实现现代化，我们加快了发展速度，很快超越了印度和英国，又超越了日本和德国，到2013年已经成为世界第二经济体，成为仅次于美国排在世界第2位的新经济体国家。

可中东欧国家，显然并没有经历这样残酷经济规律的训练和陶冶，他们还沉浸在自然经济抑或计划经济田园诗般的世界里。在我们经过的中东欧十六个国家里，见到最多的是悠闲和牧歌式的生活景象。在哈萨克斯坦，无论是西部的牧场还是东部的农田，均没有见到多少繁忙的身影，在穿越哈萨克斯坦的六天时间里，我们沿途所能见到放牧或收割的人，总共不超过10个，所见到的除了牛羊就是麦浪；在俄罗斯东部的大片农田里，倒见过几部收割机在夕阳晚照的田野里轰鸣，但看到更多的则是大片熟透了小麦因为无人收割而发灰、发黑，腐烂在田野里。在爱沙尼亚、拉脱维亚和立陶宛这些森林国家，见到最多的是立在森林中的小木屋，使人想起童话故事《白雪公主》。出了立陶宛，到波兰才见到一些矮矬的村庄，多了一些"鸡犬之声相闻"的生气。可进入克罗地

保加利亚的原野

亚、斯洛文尼亚和塞尔维亚这些山区国家，又是小木屋连着小木屋，除了多一些堆放在小木屋前成捆的木材外，也没有见到过几缕炊烟。出马其顿，到保加利亚、罗马尼亚和匈牙利，农耕经济的色彩更为浓厚。到处是绿色的庄稼和夕阳下甩着尾巴吃草的牛羊，田野里停放着与中世纪没有多大区别的木制农具，道路上奔驰的是马拉的两轮马车。如果不是驾驶着现代化的BYD小汽车，人们几乎不敢相信是生活在21世纪，而是回到了令人伤感的充满田园牧歌式的中世纪。

中东欧十六国给我最大的感觉是社会生活的缓慢和迟滞。那些在我们国家几乎已经绝迹了的生产和生活方式，在这些国家还大量存在，说明这些国家还没有受到商品经济价值规律的冲击和训练，还没有完成由传统经济向现代经济的转变。人们悠闲地享受着秋日里温暖的阳光，聆听着教堂里不时传来响了几个世纪沉闷的钟声，在傍晚的小木屋里尽情地喝着啤酒，跳着欢快的舞蹈，尽管一个月还挣不到3 000元人民币！之所以如此，根本原因是社会经济发展的利益刺激机制不够健全，人们缺乏追求财富无限增值的强烈冲动，满足于"日出而作，日落而息"的农耕经济自给自足的生活。落后的生产工具和传统的生产方式，使生产单位产品的社会必要劳动时间增加，在等量时间内不可能生产出大量的产品。在有限的社会产品总量下，只好依赖降低生活必需品供应量来维持简单的生活再生产和生命再生产。这是远离现代化生活下人们最大的悲哀！也是这些国家社会经济总量落后于发达国家，只能作为蕞尔小国存在的最根本原因。

在"时间就是金钱，效益就是生命"的现代社会里，节约时间的终极本质就是延长生命；节约时间的现实意义就是享受富裕的物质生活和体验健康的精神快乐。而在一个物质还相对匮乏的社会里，人们没有创造更丰富物质产品的强烈冲动，也就不会体验享受富裕物质生活的快乐；反过来说，人们没有享受富裕物质生活的快乐，也就不会产生创造更多物质产品的冲动，这是一个悲剧性的循环过程。就是说前现代化的"慢生活"，并不会自发导致现代化生活的"快节奏"；而现代化生活的"快节奏"正是对前现代化"慢生活"的否定。变革的根本路径选择,是大力发展商品经济和市场经济,用物质利益机制刺激人们的创造欲望和占有欲望,激活社会经济发展的原始动力。贫困和发展太慢都不会带来国家富强和社会生活的进步。

中国人民在中国共产党的带领下经过痛苦的磨砺,终于自觉地认识了这一点。认识了"价值规律是一所伟大的学校,它可以教育我们的党员和干部学会如何建设社会主义"。中国人民为什么今天意气风发、斗志昂扬地走在中国特色社会主义道路上?中国的社会主义为什么在21世纪焕发出强大的生机活力?根本原因就是经过近40年的奋斗,中国人民过上了中等收入国家人民才能够过上的物质丰裕和精神健康的幸福生活,有了强烈的发展获得感和生活的安全感,这就从根本上激发了中国人民的创造热情。因为,人是最懂得享受和最会创造的动物。在今天的中国,估计不会有一个人,愿意自觉回到40年前那种缺吃少穿的贫困生活状态中去。追求幸福永远是人类的本能和发展的动力。面对中东欧国家闲适而缓慢的生活,中国共产党"十九大"政治报告中有一段话是极富有启迪和教育意义的,那就是:中国特色社会主义道路、理论、制度、文化不断发展,拓展了发展中国家走向现代化的途径,给世界上那些既希望加快发展又希望保持自身独立性的国家和民族提供了全新选择,为解决人类问题贡献了中国智慧和中国方案。

思\考\篇

小国寡民与大国红利

——2017丝绸之路品牌万里行归来而且思考之五

1989年发生的"颜色革命",使两个最大的政治体"苏维埃社会主义共和国联盟"和"南斯拉夫联盟共和国"解体,分解为数十个民族国家。苏联分裂为立陶宛、格鲁吉亚、爱沙尼亚、拉脱维亚、亚美尼亚、乌克兰、白俄罗斯、摩尔多瓦、阿塞拜疆、乌兹别克斯坦、吉尔吉斯斯坦、塔吉克斯坦、土库曼斯坦、哈萨克斯坦和俄罗斯等十五个独立的民族国家;南斯拉夫解体后,分裂为克罗地亚、斯洛文尼亚、马其顿、塞尔维亚、黑山等国家。东欧剧变后,这些民族国家纷纷独立。尽管他们的民族利益和民族诉求得到了充分的体现和满足,但由于化整为零,东欧国家的整体实力受到了极大的削弱。只有俄罗斯人口超过了一个亿,其他国家都是几百万或几千万人口。最少的马其顿只有208万人,还没有西安几个区的人口数量多。这种化整为零,使中东欧国家基本上呈现着小国寡民的状态，越来越远去于世界的中心，处于被边缘化的境地。现将中东欧十六国的人口数量与人口密度以及他们与中国、印度、美国和日本这些人口大国的参照系列于下表。

中东欧十六国、中国、印度、美国和日本人口密度及其参照系

国 别	国土面积/平方千米	人口/人	人口密度/（人/平方千米）
哈萨克斯坦	272万	1 779万	6.6
俄罗斯	1 709万	1.445亿	8.8
爱沙尼亚	4万	132万	31.1
拉脱维亚	6万	196万	31.5
立陶宛	6万	287万	45.8
波兰	31万	3 795万	123.9
捷克	7万	1 056万	136.8
斯洛伐克	4万	541.9万	112.9
克罗地亚	5万	430万	78
斯洛文尼亚	2万	206万	102.5
塞尔维亚	8万	1 050万	118.9
马其顿	2万	208万	82.5
保加利亚	11万	713万	65.7
罗马尼亚	23万	1 971万	85.6
匈牙利	9万	982万	108.4
奥地利	8万	875万	106
美国	963万	3.231亿	35.3
中国	960万	13.7亿	143
印度	298万	13.2亿	445.4
日本	37万	1.27亿	348.3

资料来源：百度百科（2015年数据）

小国寡民，人烟稀少，哈萨克斯坦每平方千米只有6.6个人，俄罗斯每平方千米只有8.8个人，难怪我们在哈萨克斯坦走了六天，在俄罗斯走了六天都没有见过几个人。地广人稀，这些国家由于缺乏必要数量的劳动力储备，无法获得相应的人口红利，社会经济呈现缓慢发展和停滞的状态，成为制约这些国家经济和社会发展的一个重要因素。

人有一双手，生来会劳动。一定数量的劳动力从根本上规定着一定的社会劳动时间总量和社会产品以及财富创造总量。有限的人口只能创造有限的财富。在人烟稀少的国家，由于人口数量有限，从根本上限制了社会分工的发展，社会分工得不到充分展开，许多社会生产部门由于得不到必要的劳动力供应而被迫处于闲置和萎缩的状态。在哈萨克斯坦东部和俄罗斯东部，我们看到大片望不到边的麦田，庄稼倒伏，由于无人收割，过度成熟而发霉腐烂，主要原因恐怕还是劳动人手不够所致。同时，人口稀少，又会导致人力资源价格昂贵，生产单位产品的劳动力成本增加，产品整体价格上涨，在市场的价格竞争中缺少竞争优势。在中东欧的欧元货币区国家里，价格有时候高得离奇。在我们沿途经过的有些国家的加油站里，上厕所一个人一次性收费0.5欧元，相当于近4元人民币，而卫生间的设施并没有什么令人惊奇的华丽，只是卫生间的收费机器异常先进，像中国地铁的收费设施一样，要刷卡而进。害得我们很多同志上车都不敢多喝水，因为去卫生间要花费不小的成本。

在中东欧国家，人力资本价格昂贵，许多社会产业部门由于不敢多雇人手而处于简单维持的局面，无法进行扩大再生产。在这些中东欧国家里，有一个普遍现象，就是在各国开办的中国餐馆，基本上雇佣的

波兰的运货马车

都是中国员工,服务员大多数是中国姑娘,鲜有雇佣当地员工的。问及餐馆老板,回答是因为雇佣当地员工工资要求高,劳动力价格昂贵,不如从本国招募员工来的便宜。而且,人口稀少,还从根本上制约了社会财富的积累。在一定的劳动生产率条件下,人们生产的东西总是要比消费的东西多,社会财富才能进行必要的积累,国家才会有雄厚的经济实力。一个由于劳动力供应不足而只能维持简单再生产的社会,谈不上生产的发展和经济的繁荣。

人有一张口,生来要吃饭。人又是社会消费的主体。虽然人口数量的过度膨胀,会引起社会因人口众多导致有限产品分配不足而产生贫困。比如,今天的印度就是如此。印度国土面积只是中国的四分之一,劳动生产力还主要以手工劳动为主,可印度有12亿人,是世界上仅次于中国的第二人口大国。正由于人口众多,印度存在大量的饥饿人群。2016年,我们丝绸之路品牌万里行走丝路南线,在印度见到大量的饥饿人群,他们成群结队整齐地排坐在马路两旁向行人乞讨。没有消费就没有生产。消费是社会生产的一般目的和社会再生产发展的强大动力。人口有限,社会消费不足,就不会产生强大的新的消费需求,从而使消费或市场因有效需求不足而无法有力拉动社会经济的发展。小国寡民,社会消费需求总量有限,就会从根本上制约生产规模的扩大,使社会经济发展的动能乏力,经济又怎么能够呈现出活泼的景象。

所以,在发展中国家,需要维持一定数量的人口比例,在协调资源与人口、生产与消费的数量平衡中,保持社会经济发展的势头。中国改革开放的40年,之所以取得了令世人瞩目的成绩,就是因为当和平与发展世界潮流到来时,发达国家将一些先进技术开始向外转移,中国由于人口数量众多,劳动力价格便宜,有着巨大的人口红利,这就吸引了一些发达国家的资本和技术在寻求廉价劳动力的动机下,纷纷到中国投资办厂,成为中国抓住那次难得的发展机遇,获得40年不断发展的重要原因。同时,中国人口众多,社会劳动力总量巨大,在等量劳动时间内,数亿劳动者的劳动时间叠加,会形成巨大的财富创造力量。在正确发展路线和道路指引下，众人拾柴火焰高，社会就会表现出勃勃的发展生机。在新一轮国际技术再次转移的条件下，劳动力便宜的东南亚地区和越南又具有比中国更为明显的劳动力红利优势，使这些地区成为国际资本投资的又一个热点地区。可这些对中东欧国家来说，由于人力资本价格昂贵而无法企及，成为制约国家发展的另一个限制性因素。

由此看来，小国有小国的麻烦，大国有大国的优势。大国人多力量大，可以集中力量办大事，创造人间奇迹。小国好吃饭，但又会因人口有限而产生社会需求不足，使生产缺乏可持续发展的强大动力。天下大势，分久必合，合久必分，分分合合原没有一定的定数。而趋利避害又是人的本能。也许经过若干年后，中东欧国家和人民体会到了人多好办事的甜头，又会重新联起手来，走上新一轮抱团发展的道路。这种可能性，在我们经过的国家里，事实上是存在的。

我们不能代替他们进行社会发展道路的选择。一国社会发展道路的选择取决于一国自身的需要和国民的聪明才智。因为，人类的发展智慧在先天性上基本是均等的。

绿色河山与经济困顿

——2017丝绸之路品牌万里行归来思考之六

凡到过中东欧的人，都会对他们的绿色环境赞叹不已。我们在中东欧进行考察的50天里，几乎就是在一个巨大的绿色公园里穿行，荡漾在一个天然的氧吧之中。这是大自然对中东欧人民的慷慨馈赠，是中东欧十六国人民生活质量较高的重要指标。

中东欧十六国，基本都是森林国家。国土辽阔的哈萨克斯坦与俄罗斯，西边的国土基本上都被草原和森林覆盖。爱沙尼亚、拉脱维亚、立陶宛三个波罗的海国家，沿着波罗的海辗转排开，是典型的森林国家。在这三个国家中，除了森林还是森林，整个国家依山傍水，像是建立在森林中的绿色家园。出立陶宛，波兰、捷克地势平缓，有很好的平原农作，田地吐绿，庄稼抱穗。一入斯洛伐克、克罗地亚、斯洛文尼亚、塞尔维亚和马其顿，迎面而来的就是阿尔卑斯山东缘。这些国家依据阿尔卑斯山的走向，顺着多瑙河顺序排列，雪山映日，山林滴翠，山路弯弯，河水泄绿，一派绿色风光。出塞尔维亚，保加利亚平原延伸，沃野千里，雨露及时，泥土芬芳，保加利亚与罗马尼亚的连接处又是山林叠嶂，绿林蔽日，直到匈牙利。芬兰湾与巴尔干真是一块人间福地，绿色家园。

中东欧十六国的绿色田园，一方面是大自然无私的馈赠，另一方面也是中东欧国家政府和人民精心保护的产物。这些国家在历史上大部分是封建诸侯王公国家，有封建贵族家族几百年的统治，他们身上多少遗传了某些贵族的血统，有着对大自然天生的亲和力。加之欧洲自古以来地旷人稀，天地广袤，有极好安排河山的资源条件和人地回旋余地。不像中国人口繁多，为养家糊口，只能将所有能够种植的土地都开垦完毕，"水无涓滴不为用，山到崔嵬犹力耕"，几乎没有了播绿种草的余地空间。同时，欧洲民族是游牧民族，逐水草而居放牧为生的生产和生活方式，也使他们需要种草护林，形成珍惜绿色的习惯。当然最根本的还是欧洲人民对绿色环境的自觉维护。在我们沿途看到的景色中，除了大片种植的绿色庄稼外，相当一大部分土地是人工种植的草地，退耕还草，这在经济上并不是划算的。后来地面导游告诉我，这里的退耕还草是国家进行财政补贴的产物。这使我对他们的绿色理念有了进一步具体的认知，对于他们保持人与自然和谐相处的积极态度，深表钦佩。

有如此良好的绿色资源，有清醒的绿色自觉，生活在几乎是一派世外桃源中的中东欧国家和人民，为什么社会经济发展却比较缓慢，生活在绿色世界中的他们为什么没有摆脱生活的困顿？

我想这与发展的理念不无关系。尽管中东欧国家政府和人民，自觉或者不自觉地认识了绿色经济的重要性，懂得保持人与自然和谐相处的生活方式，保持和维护自身所处环境的绿水青山。但我还是认为这里是一片没有被工业革命过滤过、开垦过的处女地，是传统农耕经济的天然颜色。天地翠绿，一尘不染，正说明工业革命或现代化进行得不够完整，天地资源还没有打上工业革命深深的烙印，还是一种自然经济的面貌。这就是为什么我们在1.7万千米的征途中，几乎没有见到几个像样的工厂的原因，这也正是中东欧国家没有完成传统经济向现代经济转型的一个佐证。中国在改革开放前，也是传统的自然经济，天地山川也同样是绿色无涯，不知道也没见过"雾霾"，最多也就见过晨雾缭绕。当年陕西有两个老汉坐在城门洞畅谈理想，一个老汉说，我如果当了委员长，一定得吃了睡、睡了吃！另一个老汉反驳说，瞧你那出息，我如果当了委员长，俺村的粪别人都不准拾！只准我拾！这就是我们当时的发展理念。改革开放以后，中国加快了工业化、信息化和现代化的步伐，为了发展的需要，将几千年储备的资源都用得差不多了，才取得了令人瞩目的发展成绩，人民也过上了富裕的生活，但也遭遇了工业化带来的环境污染。在现实生活中，不能够仅仅满足于山川翠绿，空气新鲜。吃不饱肚子，穿不暖衣裳，再美的景致也无心顾及，再纯净的空气也不能当饭吃。饥肠辘辘，坐在山顶看云山雾海，红日喷薄，基本是头晕眼花，没什么审美情趣。审美是填饱肚子以后才可能发生的需求。因此，陶醉于自然的美景，延误了现代化进步的时日，并不是一种明智的选择。我们对绿色环境的赞美，不能光看花好月圆，首先要看人们物质生活的富裕程度。

其实，中东欧国家已经面临着这样的变化，他们的生态配置也已经悄然出现不一样的差别。哈萨克斯坦的阿拉木图与阿斯塔纳就是最好的例子。阿拉木图是哈萨克斯坦的古老首都，几十年的经营形成了非常好的城市规划和绿化植被，到处是几个人都合抱不过来的古老树木，到处是绿树成荫的街心花园，走在那里真的是令人心旷神怡。而新迁都城阿斯塔纳，则是一个新建的充满现代化的城市，一派欧化建筑，但城市绿化远比阿拉木图逊色，而且城市的空气质量也比阿拉木图浑浊得多。不仅是哈萨克斯坦，在中东欧的许多国家都存在着老城与新城之间的差异。爱沙尼亚的首都塔林，新城是东欧最美的生态城市，而塔林老城的绿化就远没有新城那样一派绿色。拉脱维亚的首都里加，新城的绿化植被整洁有序，里加老城除了石子路面和哥特式、巴洛克式建筑外，基本上没有什么树木。捷克的布拉格，老城是世界非文化遗产，中世纪的建筑环绕栉比，萨瓦河环城而过，查理桥连接两岸，一派良辰美景，而新城则多现代化建筑，少绿色植被。匈牙利布达佩斯的奥匈古城，宫殿巍峨，林障树绕，多瑙河碧波荡漾，山水壮丽。但新城就远没有古堡那些秀丽风光。在新、老城关系上，处理最好的要数保加利亚的首都索菲亚。由于二战中索菲亚被夷为平地，索菲亚古城没有被保留，因此，索菲亚在新城建设中很注重对老城遗址的保护和点缀，整个城市基本上被淹没在绿色之中，号称"地中海的后花园"。这些说明中东欧国家的现代化依然在悄然推进，那些带有中世纪伤感和牧歌式的绿色田园，正在或者将被现代化的钢筋水泥的楼群所替代。

同时，中东欧国家在处理生态建设上也还存在某些短视的成分。他们只看到了绿水青山，而忽视了金山银山。更没有树立绿水青山也是金山银山的现代绿色发展理念。绿水青山一方面可以用来自己居住，另一方面也可以用来让别人看。而且别人要享受这美好景色在现代市场经济下那是要付费的，这就是现代旅游业的经济作用。因此，如何整合良好的生态资源，如何加大对良好生态美景的宣传力度，吸引更多的国内尤其是国外游客，发展现代的生态旅游、文化旅游、养生旅游、养老旅游等，是中东欧国家将资源优势转化为市场和效益优势所要做好的一篇大文章。做好了这篇大文章，就会使旅游产业成为国家富有优势的新兴产业和经济发展的新的增长点，从而既保持传统生态的良好质量，又通过发展旅游事业拉动GDP增长，增加国民财富总量，最终让人民共享发展之成果，摆脱经济困顿，过上富裕、文明、和谐、美丽的好日子。

丝路上中亚西亚与中东欧国家的比较

——2017丝绸之路品牌万里行归来思考之八

2016年由陕西卫视组织执行的"2016丝绸之路品牌万里行"活动,沿着当年玄奘取经的丝路南线,历时两个多月,奔走一万八千余公里,从西安出发,经新疆进入土库曼斯斯坦、吉尔吉斯斯坦、乌兹别克斯坦、阿塞拜疆、伊朗、巴基斯坦、印度等8个国家,使我们对丝路南线沿线国家的基本情况,有深入实际的了解,我有幸参加了此次活动。2017年由西部国际丝路卫视联盟发起包括陕西、甘肃、宁夏、青海、广西、福建、新疆七家卫视组成的大型全媒体采访团,对中东欧16个国家进行了联合采访,历时48天,行程一万七千余公里,使我们对中东欧十六国的基本情况有了更实际的认识,我也有幸参加了此次活动。两年来对丝路沿线国家的亲身考察,使我对建设丝绸之路经济带有了更自觉的认知。行程归来,夜阑静思,感觉这两大板块的丝路沿线国家,无论是在社会经济结构、产业配置、人口数量与构成以及文化影响方面,都存在着极大的差异。认识这些差异，对于我们深入了解丝路沿线国家的实际状况，自觉做好建设丝绸之路经济带工作，有启示作用。

中亚西亚和中东欧十六国处于不同的自然环境下。中亚西亚六国主要处于西亚草原和中亚伊朗高原以及印度南亚次大陆；而中东欧十六国则主要分布在哈萨克平原、俄罗斯平原、芬兰湾与巴尔干半岛。由于丝路上的这两大经济板块自然禀赋不同，他们的社会经济结构和产业结构表现出很大的差异。为了分析的方便，先将中亚西亚国家的情况列于下表。（中东欧十六国的情况已在前面列表给出）

中亚西亚及印度国家基本情况统计表

国 别	国土面积/平方千米	人口/人	人口密度/（人/平方千米）	GDP总量/美元	人均月收入/元
土库曼斯斯坦	49万	562万	12	361.80亿	3 000
吉尔吉斯斯坦	19万	608万	31	65.51亿	3 000
乌兹别克斯坦	44万	3 185万	74	672.20亿	3 000
阿塞拜疆	8万	976万	118	378.48亿	2 000
伊朗	164万	8 028万	49	3767亿	3 000
印度	298万	13.24亿	445	2.264万亿	4 000

资料来源：百度百科。人均月收入为2016年丝路万里行调查数据。

根据上表可知，首先，中亚西亚与中东欧国家在社会经济结构方面有很大的不同。中亚西亚国家，尤其是土库曼斯坦、吉尔吉斯斯坦和乌兹别克斯坦，是生活在中亚草原的国家，社会经济是单一的畜牧经济，这里草丰水美，天地辽阔，盛产牛、羊、驼、马，产品主要是以畜产品为主。阿塞拜疆是畜牧与石油开采二元化经济结构国家，阿塞拜疆的西部主要是开采石油和天然气，东部则主要是畜牧经济，有很好的浅沙草原。伊朗北部是高峻的伊朗高原，基本没什么物产，中部是广袤的伊朗沙漠，干旱少雨，气候炎热，主要出产石油，南部是伊朗平原，有一定的农业生产布局。所以，伊朗从整体上来讲，仍然属于单一的资源型国家，主要靠出口石油换回其他工业用品。印度是传统的以农业经济为主的国家。印度平原一马平川，常年恒温不变，四季如春，又有恒河流灌全境，是一块人间福地，极有利于农业生产的发展。所以，印度才可以用相当于中国四分之一的土地养活了12亿人口。而中东欧国家由于占据良好的自然环境，哈萨克平原、俄罗斯平原和芬兰湾以及巴尔干半岛是农作物的天然乐园，既有阿尔卑斯山护卫于右，又有多瑙河、萨瓦河环绕，提供了源源不断的水利动力，使中东欧国家呈现出林业经济、畜牧经济、农业经济并存的多元化社会经济结构。其物产要比中亚西亚国家丰富得多，也富裕得多。

其次，中亚西亚与中东欧国家的社会发展程度也存在差异。中亚西亚国家大部分是历史上的草原国家，尤其是波斯王朝和土耳其奥斯曼帝国在这一地区，有较长的统治历史。土耳其奥斯曼帝国垮台后，这一地区陷入了复杂的民族纷争，战乱不息，成为民族矛盾与国家矛盾交织的地区，严重影响了这些地区国家的正常发展。特别是两伊战争后，以美国为首的国际社会对伊朗实行严格的制裁，使伊朗经济遭受重大打击，经济困顿，发展缓慢。印度虽说是一块福地，但历史上备受外族入侵，近代以来又是英国之殖民地，加之社会种姓制度的统治，人分四等，牛为神圣，使印度成为当今世界上最奇葩的国家之一。因此，中亚西亚国家从整体上来说，是经济发展比较落后的发展中国家，人们的平均月工资收入，基本维持在2 000～3 000元人民币之间，生活还不够宽裕。其社会经济发展水平基本上相当于我国20世纪80年代的发展水平。而中东欧国家是古老的封建王公国家，十月革命后在苏联的影响下跳跃式进入社会主义制度，有几十年的社会主义制度基础。1989年"颜色革命"后，又走上了资本主义道路。尽管社会转型从根本上没有彻底完成，但由于国家本身比较成熟，又经历了社会主义和资本主义两种社会制度的洗礼，人们的社会文化、制度认知层次较高。加之波黑战争后，总体环境也还比较安定，又加入欧元区，直接受西欧发达国家的影响。所以，社会发展程度明显高于中亚西亚国家，经济也较中亚西亚国家更为活泼，人们的平均月工资维持在3 000～4 000元人民币，比之中亚西亚国家要富裕一些，其社会经济发展水平，基本上相当于我国20世纪90年初的发展水平。

其三，中亚西亚与中东欧国家的社会文化发展程度也存在差异。中亚西亚国家是清一色的伊斯兰教国家，属于穆斯林文化圈，历史上受伊斯兰教影响较深。由于伊斯兰教内部不同教派的纷争，这些国家因宗教矛盾引起的争斗持续不断。又受到两伊战争的摧残，传统的伊斯兰文化对人们的影响很深，对现代文化的认知程度与接纳程度相对较低。而印度虽然是佛教的发祥地，但印度的国教是印度教。在印度，只有2%的印度人信仰佛教。加之种姓制度根深蒂固，社会人群层级流动固化，近代以来又受英国资本主义文化的影响，使社会文化处于相对停滞的局面。中东欧国家在历史上是政教合一的封建国家，历史上受基督教文化影响较深。自从路德宗教改革以来，特别是罗马帝国晚期，以意大利为核心的西罗马帝国和以君士坦丁堡为核心的东罗马帝国分裂，基督教亦随之分裂为天主教和东正教两支，但都处于基督教文化的总体框架之下，宗教矛盾尚不剧烈。同时，中东欧国家近代以来受资本主义文化影响比中亚西亚国家要深刻得多，社会教育体系相对比较发达，因此，人们接受文化教育的程度和社会文明的发展程度，也明显得比较高。

中亚西亚与中东欧国家在经济、社会和文化等诸多方面存在的差异，对于建设丝绸之路经济带有着深刻的影响。要建立涵盖亚欧非的丝绸之路经济文化圈和命运共同体，就必须充分认识这些不同国家和地区存在的客观差别，从它们不同的社会经济结构和文化结构出发，深刻了解它们各自的具体国情，在平等互利、平等互惠的基础上，在国家不论大小一律平等的前提下，实事求是地发展我们与他们的经济贸易和文化交流活动，才能够保证丝绸之路经济带建设健康、稳定的发展，并彰显丝路沿线国家和地区不同的风采，在"君子和而不同"的丝路文化框架下，引导丝绸之路经济带朝着命运共同体的共同方向发展。

关于陕西建设丝绸之路经济带发力方向的思考

——2017丝绸之路品牌万里行归来思考之九

自从2013年党中央提出建设丝绸之路经济带和21世纪海上丝绸之路倡议以来,陕西遇到了明清以后五百年难得的发展机遇。陕西作为古丝绸之路的起点,又是"一带一路"建设的中心地区。能不能抓住这一百年不遇的发展机遇,加快陕西经济社会的发展,对今日的陕西既是机遇,也是挑战。

陕西作为"一带一路"建设的中心地区,有丰富的时代内涵。陕西有着良好的科技、教育发展基础。新中国成立以来,陕西作为连接中西部地区的枢纽,上连甘陇,下接巴蜀,南通湖楚,东向中原,始终是国家重点关注的地区,尤其是在科技、教育方面,陕西有长足的发展。陕西有100多个国家级科技研究所,几十万科技人员;有77所大学,每年毕业的大学生有100多万,最近国家颁布的"临空经济示范区"和"军地协同示范区"在西安挂牌,就是对陕西科技、教育优势的充分肯定。陕西作为中国历史上十三个王朝的国都，集中了全国的能工巧匠，陕西有很好的装备、制造业基础和创新能力，"陕重"汽车、BYD清洁能源汽车、三星电子等有影响力的企业，代表了陕西现代的制造能力。同时，陕西还是全国唯一的内陆港口城市，西安港务区和西安自贸区的挂牌和运行，为陕西进一步对外开放，提供了有力的制度机制支撑。加之，陕西还是中华民族优秀传统文化的历史发祥地，有厚重的历史文化积淀。在建设丝绸之路经济带的过程中，就是要发挥陕西在科技、教育、文化和装备制造领域的优势，沿着丝绸之路整合丝路沿线国家的资源和市场，在平等互利的基础上发展商贸事业，加强陕西与丝路沿线国家和地区的经济、商贸和文化交流，在促进陕西经济社会快速优质发展的同时，为建立丝路利益共同体和命运共同体做出贡献。

陕西作为"一带一路"建设的中心地区，在建设丝绸之路经济带的过程中，选取哪些丝路沿线国家，作为发力的重点地区？这种发展的路径选择，对陕西有重要的现实意义。

结合两次参加丝绸之路品牌万里行活动的亲身经历，以及对丝路沿线国家经济、文化和市场的了解，我认为陕西建设丝绸之路经济带的发力方向，应该选取中东欧地区。

第一，陕西与中东欧地区有基本相同的经济结构和资源、产品的互补性。由于中亚西亚国家，主要是畜牧经济和资源型经济，与陕西的经济结构差异性较大，两地的产业和产品结构的互通性比较小，在相互的认同性方面，不如以畜牧为主的新疆、青海、宁夏来得便捷。而中东欧国家基本上是农耕经济，无论是哈萨克斯坦、俄罗斯，还是南斯拉夫联盟国家和保加利亚、罗马尼亚、匈牙利，都是以农耕经济为主的国家，这与陕西自古以来作为中国农耕经济发祥地和现今陕西关中农业经济开发带有很好的共同性和产品、技术的互补性。比如哈萨克斯坦的阿拉木图，本身就是知名的苹果产地，中国历史上的苹果应该就是从这一地区通过丝绸之路引进来的。但由于他们的苹果栽培技术落后，产品质量下降，强烈要求与陕西杨凌农业技术开发区进行合作，共建"中哈友谊苹果园"。这正是发挥陕西农业技术优势的极好时机。而保加利亚、罗马尼亚、匈牙利等国的农业生产技术大多还停留在手工劳动的基础之上，也渴望得到陕西先进农业生产技术的支撑。罗马尼亚胡内省政府多次派官员参加陕西杨凌的"农科会"，就是这种渴望的具体体现。农民与农民之间比之农民与牧民之间更容易沟通，这就是结构优势。而且，陕西与中东欧各国的产品互补性也有相当的空间。比如，陕西近几年由于林业资源枯竭，建筑和装饰木材主要靠从南方广东、福建辗转进口，成本高而且质量也难以保证。中东欧国家如哈萨克斯坦、俄罗斯、爱沙尼亚、拉脱维亚、捷克、塞尔维亚、罗马尼亚都有很好的森林资源和优质木材储备，利用"长安号"国际班列，就可以将这些国家的巨型木材运入陕西，弥补陕西巨型木材的缺口。

第二，陕西与中东欧地区有基本相似的历史文化基础，在文化认同方面比较容易沟通，进入成本比较小。中亚西亚国家，大部分都是伊斯兰教国家，与陕西的文化结构相差甚远。而中东欧国家基本上都是历史悠久的封建王公国家，与陕西作为中国历史上的千年古都有历史文化的相似性。西安古城与圣彼得堡古城、塔林古城、里加古城、布拉格古城、华沙古城、卢布尔雅那古城、奥匈古城有极大的历史相似性和共通的文化基础，极有利于双方进行文化沟通与交流。彼此文化认同和合作有很好的历史基础，可以有效地降低双方的市场准入成本。

第三，陕西与中东欧地区的合作安全系数也比较高。中东欧是历史和文化都相对发展的地区，波黑战争结束后的20多年里，没有发生过太大的战争，社会稳定，陕西与之合作安全性比较高。同时，中东欧国家文明发展程度也比较高，双方合作也有很好的社会基础。更不用说，在中东欧国家陕西商会和陕西华侨的力量也比较大，仅罗马尼亚就有陕西乡党300多人，他们成立的陕西商会在布加勒斯特有很好的影响；匈牙利陕西商会在当地也有不小的实力。这些都为陕西与中东欧各国的合作铺垫了条件。

建设丝绸之路经济带是一场伟大的斗争。在这场伟大的斗争中，为了抓住机遇，促进新时代陕西更高更快的发展，必须抓好以下几点，使陕西在实现中华民族复兴的伟大梦想中能够做出新的贡献。

一、抓住机遇，奋发图强

新时代是全体中华儿女戮力同心、奋力实现中华民族伟大复兴中国梦的时代。

党的十九大召开后，陕西将际遇两个难得的地缘优势和发展机遇。一个是政治地缘优势。在十九大后新当选的政治局领导中，有三位领导与陕西有关，这是陕西几百年不遇的政治地缘优势。利用好这些难得的发展条件，是陕西机不可失的发展环境。再一个就是经济地缘优势。这就是建设丝路经济带。十九大报告对"一带一路"极为重视，曾四次提到了"一带一路"的重要性。一次是在总结工作成绩提到"一带一路建设"；一次是在讲外交建设成就时，提到"实施共建一带一路倡议"；再一次是在新方略中提到"要以一带一路建设为重点"；第四次是在外交战略中提到"积极促进一带一路国际合作"，充分表明了中央对"一带一路"建设的高度重视。陕西是古丝绸之路的起点，又是"一带一路"建设的中心地区，抓住这两个地缘优势，在利用陆海内外联动、东西双向互济的开放格局引导陕西更高更快的发展。

加快陕西发展又是中国进入新时代赋予陕西的历史责任。中国的新时代就是奋力实现中华民族伟大复兴中国梦的时代。而陕西是中华民族的历史发祥之地和创造震惊世界"汉唐盛世"的地方。振兴中华民族，从某种意义上说，就是振兴汉唐雄风，使中国重新走近世界舞台的中央。在这个过程中，陕西和陕西人作为能够创造历史和具有文化自信的人群，作为中华优秀文化的守陵人，更是责无旁贷。在这样一个伟大的时代，从事民族复兴的伟大事业，正是具有英雄情结的陕西人大显身手，撸起袖子大干一场的时代，陕西人应该抓住机遇，奋发图强，在振兴中华民族的历史征程上做出新的历史贡献。

二、走出平庸,放眼世界

新时代是全国各族人民团结奋斗、不断创造美好生活、逐步实现全体人民共同富裕的时代。在这个新时代,陕西的发展一定要有国际化眼光和走进世界舞台中央的高远志向。西安国际港务区和自贸区的建立、国际化大都市的定位为陕西提供了难得的条件。陕西一定要跳出陕西看陕西,要站在国际舞台和世界发展的高度规划陕西的发展。陕西有很好的科技创新力量储备和装备制造能力资源,陕西的发展就要瞄准国际标准,促进产业迈向全球价值链中、高端,培育若干世界级先进制造业集群,打造陕西的世界级领军人物。这次我们见到不少在异国土地上奔驰的陕西重汽、BYD汽车,增添了不少热爱陕西的底气。陕西有100多个国家级研究所、77所高校,具有很好的产品研发力量和创新工匠,应该在优质品牌开发方面做出更多的贡献。同时要克服稍富即安的小农经济思想,要培养世界级富豪。尽管在富润富豪榜上有30多位陕西籍企业家榜上有名,但排位都比较靠后,进入不了世界级富豪的名次,国际影响力比较小。2017年开"西商大会",主办方让我陪马云,人家马云乘坐的是自己的私人飞机,一架飞机就值3个亿,仅一年的保养费就得花7 000多万,来开会有秘书、有保镖,前呼后拥,表现了雄厚的财富力量,难怪所到各国"诸侯莫不与之分庭而抗礼"。而我们陕西的企业家还达不到这个层次。

三、西向求富,面向东欧

新时代又是在决胜全面建成小康社会、进而全面建设社会主义现代化强国的时代。在新时代到来之际,陕西要积极主动地抓住建设丝绸之路经济带的发展条件,注重向中东欧国家方向发力。从我们两次丝路万里行实践看,中亚西亚国家包括中亚的斯坦国家、伊朗、巴基斯坦、印度等,与我国新疆等地的资源和产业结构有很强的同质性,而且社会经济发展程度比较低,市场容量有限,又都受伊斯兰文化的影响,文化的同步性和包容性差别比较大,市场准入难度大。而中东欧地区资源广阔，地多人少，有比较好的历史文化基础，社会发展程度远比中亚西亚地区要高，又都是前社会主义国家，与中国人民的友谊源远流长，有很好的文化认同性和市场准入条件，进入成本低，是陕西大显身手的地方。正像中国驻罗马尼亚大使也是陕西乡党的徐飞鸿先生告诉我们的那样："陕西乡党一定要来罗马尼亚看一看，这里有广阔的土地、茂密的森林和富有购买力的人群，可我在罗马尼亚没见到过几个陕西人！"陕西罗马尼亚商会会长党信先生告诉我，每年仅罗马尼亚输向陕西的巨型木材就可以装载两千多个集装箱。这是需要我们认真考虑的。

人是时代的产物。不同的时代会安排人的不同命运和造就不同的时代人物。在我们的生命历程中，能碰到这样好的时代，是我们的幸运！当我们回忆起往事时，能够说我的整个生命和全部精力，都献给了中国历史上最壮丽的事业实现中华民族复兴的伟大事业的时，那就是我们生命的辉煌。

○诗词篇

　　伟大的时代，伟大的事业，才会产生激情和诗。建设丝绸之路经济带的伟大事业，为诗人提供了广阔的创作空间和创作题材。我并非诗人，但参加2017丝绸之路品牌万里行活动，历经十六个国家，驱车一万七千千米路程，晓行夜宿，风雨兼程，途中的美景与河山壮丽使人常有心怀悸动之慨然，继而产生以诗记事的冲动。故不辞浅陋，凑成几句歪诗，以记壮行的历程，也记载了自己心路的变化和对建设丝绸之路经济带的感慨。

——作者云

大唐芙蓉园放歌

一年一度秋花黄，
万里丝路又起航。
此去欧洲探新路，
芙蓉园中舞霓裳。

一叶落而知秋凉，
思长风乃心浩荡。
此去一万八千里，
还盼归来话沧桑。

——记2017丝绸之路品牌万里行西安大唐芙蓉园发车之即。

诗 / 词 / 篇

夜宿麦积山

秋风秋雨赴陇甘，
夜半客到麦积山。
两岸青山留不住，
壮士鸡鸣有笑谈。

此去西域多艰险，
半天风霜半天寒。
身老心在欧罗巴，
道义家国一肩担。

——赴甘肃客麦积山，同行记者采访至凌晨4点方归，故记之。

麦积山遇雨

麦积山头积秋霜,
不见麦香当风扬。
绵绵秋雨似人泪,
才离长安已断肠。

欧罗还在万里荒,
但学玄奘讨饭香。
他日归来过此地,
一盂麦饭说道场。

——宿麦积山,清晨雨中散步,闻说玄奘当年取经在此化缘,故而有感。

诗〉词〉篇

过兰州

日暮时分到兰州,
金城关锁几重秋。
黄河之水天上来,
祁连山高青幽幽。

一城汉夷两分手,
铁桥西去皆荒丘。
从此羌笛伴胡笳,
古道西风有人愁。

——车到兰州,古称"金城",为汉唐时汉夷分界之地,故有感。

镍园花海

瀚海戈壁但荒荆，
羌笛呜咽奏怨声。
谁料金昌有花海，
郁金薰衣柳闻莺。

镍黑花白本不通，
绿水金山相映红。
始信发展需理念，
绝顶方知众山空。

——过甘肃金昌市，该市寻找可持续发展之路，大力发展花卉种植，多种郁金香与薰衣草，有"大漠花海"之美誉，故记之。

诗＼词＼篇

过焉支山有感

车过焉支泪泣多，
男儿征战血成河。
为保家国身先死，
一抹胭脂抚雄阔。

遥想当年匈奴客，
袭挠边关起烽火。
骠骑逆袭千万里，
马踏飞燕耀史册。

——过甘肃焉支山，见天苍野茫，古长城蜿蜒残照，曾为霍去病驱赶匈奴之战场，故记之。

嘉峪关感怀

嘉峪雄关起苍黄,
大漠故垒慨而慷。
多少男儿关前死,
几多昂藏泪沾裳。

城垛累累古封疆,
抚今忆昔实堪伤。
但愿和平日长久,
关前再不动刀枪。

——过甘肃嘉峪关,有欢迎会,见壮士表演,杀声冲天,故有所感。

诗＼词＼篇

敦煌观《敦煌往事》有感

敦煌沙渍未扬尘,
莫高经卷有疑云。
王姓道士陕西来,
国宝卖得几分银。

可叹乡党乏人伦,
留得骂名羞先人。
客到宝地说往事,
我到坟前愧属秦。

——过甘肃敦煌,观大型歌舞剧《敦煌往事》,主诉陕西道士王圆箓盗卖敦煌经卷事,有感而发。

车过阳关

阳关塞外云路遥,
守关将士带着刀。
出隘即为阳关道,
谁肯留意独木桥。

今日万里彩云飘,
不似古时人寂寥。
葡萄花海美人笑,
西出阳关有故交。

——过甘肃酒泉古阳关,参加阳关镇"葡萄节"开幕式,有感丝绸之路过此关即为阳关大道,故记之。

诗\词\篇

哈密观《木卡姆》有感

哈密哈气饧如霜,
瓜田滚圆皮金黄。
裂为五瓣菊花样,
满口流脂赛蜜糖。

木卡姆里笑声扬,
姑娘大叔齐登场。
美目盼兮舞云裳,
老夫心悸神暗伤。

——过新疆哈密,尝哈密瓜,观哈密非遗歌舞《木卡姆》有感。

乌鲁木齐遇故交

车到红城秋渐深,
客舍清新了无痕。
他乡但得遇故知,
一杯浊酒欲断魂。

明日掉头出国门,
丝路迢迢万里尘。
他日有朝归来去,
再把薄盏颂黄昏。

——过新疆乌鲁木齐,该城明清时曾被陕西戍守将士命名为"红城子",得新疆陕西商会张增科会长盛情款待,有他乡故知之慨然,故记之。

诗＼词＼篇

夜宿霍尔果斯口岸有感

驱车千里到国门，
边关冷月晓星沉。
一城寂寥行人少，
半杯残酒洗风尘。

界碑凛凛赤旗真，
挪出半步异国人。
明日掉头出门去，
离家万里不离秦。

——过新疆霍尔果斯口岸，见国界凛然，感怀即将出国，故有感。

颂中哈友谊苹果园

阿拉远在天尽头，
木图黄叶遍地秋。
林中酒吧客渐少，
街头妙龄多如稠。

当年丝路远行舟，
大宛天马抵神州。
知否今年风雨顺，
长安苹果压枝头。

——过哈萨克斯坦阿拉木图市，闻该地引入陕西苹果，访问"中哈友谊苹果园"有感，记之。

诗\词\篇

吸烟叹

中亚禁烟令人愁,
到处不见吐雾口。
彻夜未曾动一支,
天方破晓忙下楼。

满城寂寥风满楼,
林中落叶遍地秋。
低头三吸皆国货,
仰天一喷乃自由。

——记在哈萨克斯坦阿拉木图市因楼内禁止吸烟,天未明即下楼吸烟之糗事。

巴尔喀什湖感怀

古道西风人在途,
苍狼万里有平湖。
千顷碧波明似镜,
一片真心在玉壶。

天山雪水积成湖,
一泓青波绿似绸。
但得湖边垂钓处,
一身蓑衣尽染秋。

——过哈萨克斯坦巴尔喀什湖有感。

诗＼词＼篇

过阿斯塔纳

阿斯塔纳亦名城，
草原明珠也称雄。
总统大楼与天齐，
清真大寺肃而整。

东方欲晓人早行，
天光微露有车声。
今日但得通关去，
丝路向西更几重。

——过哈萨克斯坦首都阿斯塔纳市有感。

科斯塔奈感怀

千里奔腾到边关,
哈俄仅在一箭间。
万顷麦浪随风摆,
遍地农工下夕烟。

本为共产主义田,
岂料拱手失江山。
念此潸然泪如雨,
方知社稷守成难。

——过哈俄边境科斯塔奈市有感。

诗\词\篇

过车里雅宾斯克市

战斗民族意气豪,
旧城不改添新貌。
电车带辫有轨道,
巴士开得摇三摇。

身着棉袄瓜棚绕,
傍晚新婚舞步高。
酒气冲天语不合,
抡起拳头即相交。

——过俄罗斯车里雅宾斯克市,见有新婚打架,故记之。

观"滴血教堂"感怀

叶卡捷琳乃名城,
沙皇爱妻命的名。
可惜历史有轮回,
皇家灭绝在地宫。

教堂滴血叹惶恐,
革命政权有枪声。
但留一脉余香在,
人性未必不英雄。

——过俄罗斯叶卡捷琳堡市,参观"滴血教堂"感怀。

诗\词\篇

过彼尔姆市

可叹前生缘未尽，
也许今世有安排。
梦里寻她千百度，
翻山越岭看尔来。

铁流八千海云天，
云程万里人在鞍。
待到终老思旧事，
丝路迢迢尽婵娟。

——过俄罗斯彼尔姆市有所思。

喀山叹

驱车千里到喀山,
万家灯火已阑珊。
满天晚霞红似火,
教堂钟声迎客船。

列宁修身在此间,
十万江山也枉然。
可叹代代英雄出,
各领风骚十来年。

——车过俄罗斯喀山市有感。

诗／词／篇

悲叹高尔基

奥瓦河畔有《海燕》,
《童年》挣扎《在人间》。
《我的大学》方读完,
　冬宫炮声换新天。

　九十年后访旧颜,
　江山易主情何堪。
　但问当年巨擘手,
　何日朱墨画春山。

——过俄罗斯高尔基市,有感。

红场泪

莫斯科外静悄悄，
月朗风清意气浩。
一城山水尽风流，
满街美人皆妖娆。

可惜苏共运偏消，
一统江山自相交。
念此仰天多悲号，
唯愿祖国赤旗飘。

——过莫斯科，见红场列宁墓已被荡平，有感而发。

诗\词\篇

汉服卖酒

为卖国酒换衣衫,
汉服纱绸套在肩。
宽衣大袖能瘙痒,
魏晋士风颇有感。

俄人善饮多且烂,
伏特加酒烧心肝。
一口下肚目且眩,
怎比"西凤"味绵甘。

——在莫斯科西凤酒推介会上,穿汉服推介有感。

过圣彼得堡

彼得大帝也疯狂,
横扫欧洲势难挡。
金堆玉砌成宝座,
万人之上称沙皇。

十月革命起苍黄,
阿芙炮声新开张。
可叹风水轮流转,
至今不见列宁像。

——过俄罗斯圣彼得堡市,原为列宁格勒,故有感。

诗＼词＼篇

塔林感怀

塔林古城好地方，
一片绿色即家乡。
波罗的海暖风吹，
空气清爽心浩荡。

小国寡民日月长，
更有海味饭菜香。
但闻处处莺声转，
满街美女伴时光。

——过爱沙尼亚首都塔林市有感。

里加感怀

里加天明晓星沉,
波罗的海风清新。
一城高楼也栉比,
电车轰鸣吵醒人。

脱俄入欧主张真,
不与大国争头春。
东欧莞尔诸侯国,
个个看来挺精神。

——过拉脱维亚首都里加市有感。

立陶宛、乐淘淘

维尔纽斯立陶宛,
稍富即安也清闲。
一街美女擦肩过,
半城店铺乃安然。

可叹人生何其短,
一世弹指转瞬间。
但得一日归来去,
桃花源中学耕田。

——过立陶宛首都维尔纽斯市有感。

华沙感怀

驱车万里到华沙,
漫山遍野绿庄稼。
稼禾吐蕊方抱穗,
房前鸡鸣后桑麻。

欧亚夹缝立国家,
磨难常开英雄花。
今日喜闻得自由,
城郭灿烂披早霞。

——车到波兰华沙市有感。

诗／词／篇

肖邦咏叹调

自古圣贤多寂寞，
高山流水几人和。
可叹波兰有肖邦，
一人弹指万人歌。

心中有爱曲成河，
大调小调玉盘落。
身死他乡情不死，
但留心脏葬母国。

——在华沙参观肖邦博物馆有感。

奥斯维辛集中营感怀

奥斯维辛集中营，
德军暴戾不忍听。
百十余万犹太人，
焚尸炉中成鬼雄。

人类相争炮声隆，
战火纷飞不曾停。
留得此营冤魂在，
年年岁岁祷和平。

——参观波兰奥斯维辛集中营有感。

诗＼词＼篇

波兰思亲感怀

离家万里不忘秦,
今日寂寞倍思亲。
故乡明月未升起,
老泪满腮已断魂。

背井方知故园真,
异国虽好难牵心。
但知逆旅多悲苦,
何不柴荆戏童孙。

——在波兰逢祖国国庆有感。

车到布拉格

今捷克亦非洛克,
制度自创也乐和。
公路高速联成网,
地铁通明流成河。

制度全由人选择,
好坏他人难评说。
天明喧闹市声早,
原来秋到布拉格。

——观捷克布拉格晨景有感。

诗\词\篇

布拉格郊外遇秋雨有感

鸡声茅店万里游,
一帘风雨一夜秋。
薄衾不耐五更寒,
雨打屋檐滴到明。

一路行脚一路愁,
人间处处不自由。
有人华车推着狗,
有人抱狗立桥头。

——夜宿捷克布拉格郊外荒村秋雨思乡记忆。

观布拉迪斯拉发古城有感

斯洛伐克非捷克,
首都布迪很哆嗦。
满街落叶金灿地,
一城歌舞有雕塑。

国小民寡乐且和,
不与世人争雄阔。
但闻中国惊且喜,
言说滑雪带按摩。

——过斯洛伐克首都布拉迪斯拉发市,闻欲与中国发展旅游业有感。

诗 \ 词 \ 篇

卢布尔雅那遇中秋感怀

丝路万里一月圆，
佳节思亲愁绪添。
挽袖擀面包饺子，
为掩乡愁作狂欢。

逆旅明月一样悬，
故土还在海云间。
我在他国尚未梦，
扶桑鸡鸣已耕田。

——过斯洛文尼亚卢布尔雅那市，遇中秋有感。

萨格勒布咏叹

克罗地亚秋雨急,
萨格勒布人烟稀。
街头匆匆美人过,
有轨电车乱鸣笛。

萨瓦河水清见底,
新老两城相分离。
民政刚领结婚证,
失恋宾馆有人泣。

——过克罗地亚首都萨格勒布,有中心广场,前为民政局,后有失恋博物馆,故记之。

诗＼词＼篇

塞尔维亚途中遇雪咏叹

塞尔维亚山连山，
牧场青青栏隔栏。
山中风雨亦多变，
攀援顶峰雪满天。

身薄衣单不耐寒，
更有壮士赤臂间。
待到光明成大道，
一城灯火到客船。

——赴塞尔维亚途中，遇阿尔卑斯山大雪，记之。

贝尔格莱德咏叹

贝尔格莱塞维雄,
前南首府气势宏。
两河环绕帝都象,
堪比六朝南京城。

心事浩茫大江东,
山河易主不属共。
可叹代代英雄出,
铁托在天有英灵。

——过塞尔维亚首都贝尔格莱德市,有多瑙河与萨瓦河在此交汇,山河壮阔,感怀。

诗＼词＼篇

车过索菲亚

保加利亚好风光，
草原雪山两茫茫。
大道笔直三十里，
寥廓晚照伴夕阳。

万里丝路行脚忙，
索菲亚那有夜航。
但见一城花香透，
明月高悬古城墙。

——夜泊保加利亚首都索菲亚有感。

布加勒斯特遇乡党

罗马尼亚黑海边,
一路都是山连山。
待到坦途通大道,
一城灯火不夜天。

得遇故知泪涟涟,
乡党相邀笑声喧。
但闻席中有马扎,
纷纷举杯说东干。

——到罗马尼亚首都布加勒斯特市,遇陕西商会相邀以叙乡情。席间闻有陕西东干族乡党马扎诺夫,众人皆喜,故记之。

诗／词／篇

锡比乌咏叹

锡比乌之秋色深，
遍地落叶铺似金。
秋风萧瑟迎客远，
浓妆淡抹也迷人。

更有说谎桥试金，
半句假语葬尔身。
鹅卵古道不知远，
但见幽径斜黄昏。

——过罗马尼亚锡比乌市有感。

观科尔文古堡有感

科文城堡与天齐,
青石垒就人莫敌。
可怜井成身先死,
多少农奴命归西。

贞德挥舞自由旗,
民主法制两相依。
但见亲民省长来,
议会大厅话友谊。

——过罗马尼亚胡内亚迪省,参观科尔文古堡,有水井命农奴淘之,井成即被国王杀害。午后,又与该省省长会谈,故记之。

记收官

车到佩斯人到站，
丝路万里方下鞍。
一万八千云和月，
回望弹指一挥间。

夏末单衫离长安，
秋尽异乡天已寒。
满眼枯叶惹人醉，
一行老泪依栏杆。

——丝路万里行车队到达匈牙利首都布达佩斯，收官记之。

布达佩斯夜静思

布达佩斯晓星沉,
月照异国思乡人。
五更鸡鸣难入梦,
夜阑凭栏心在秦。

万里丝路月伴云,
鸡声茅店一缕魂。
车流滚滚绝尘去,
留得青史一分真。

——在匈牙利布达佩斯,思丝路万里行往事,夜不能寐,故记之。

后　记

　　这本书是我参加2017丝绸之路品牌万里行活动的真实记录。在采访团沿丝路对中东欧十六国进行采访、考察的近两个月时间里，我们基本上过的是"白天上车睡觉，晚上到站写稿"的紧张生活，这本书的大部分内容都是在凌晨两三点完成的，带有明显的熬夜痕迹。

　　我是采访团中年龄仅次于肖云儒老师的第二个人。所以，在50天的驾车采访活动里，得到了全团同志们的悉心照顾，他们熟悉的身影此刻正浮现在我的眼前。在本书出版之际，首先感谢采访团的杨文萌团长和胡瑜涛政委，他们对我的细心照料，令人感动。还要感谢采访团中国人保柴西京老总和西安美院的李波老师，没有他们的相知相帮，我很难走完这一万七千千米路程；还要感谢陕西电视台的白杰师傅，没有他的悉心相伴和精心照料，我的征途将会充满艰难；还要感谢我们随团马师洋大夫，48天里他与我同居一室，以其高超的医术保证了我的身体没有出现太大的问题，真乃医者仁心。当然还要感谢全团所有的同志们，这种艰苦跋涉岁月中结成的友谊是终生难忘的。

　　还要感谢我的后台支持。西北大学李刚工作室的雷冬冬和李薇同志，他们将我发回的稿件精心编排，对于提高稿件的质量起了重要作用。当然还要感谢《一点资讯》《陕西新闻网》等媒体的同志们以及西北工业大学出版社的编辑们,他们对本书的出版都贡献了力量。

最后还是那句老话,感谢给我们生命和心智的中华民族的父亲山——秦岭,以及在他身旁缓缓流淌的中华民族的母亲河——黄河!

李　刚

2017年11月于西北大学五车斋